마음 문해력

마음 문해력

초판 1쇄 인쇄 2023년 10월 15일
초판 1쇄 발행 2023년 10월 20일

지은이 김민준
책임편집 하진수
디자인 그별
펴낸이 남기성

펴낸곳 주식회사 자화상
인쇄,제작 데이타링크
출판사등록 신고번호 제 2016-000312호
주소 서울특별시 마포구 월드컵북로 400, 2층 201호
대표전화 (070) 7555-9653
이메일 sung0278@naver.com

ISBN 979-11-91200-86-7 03810

마음 문해력

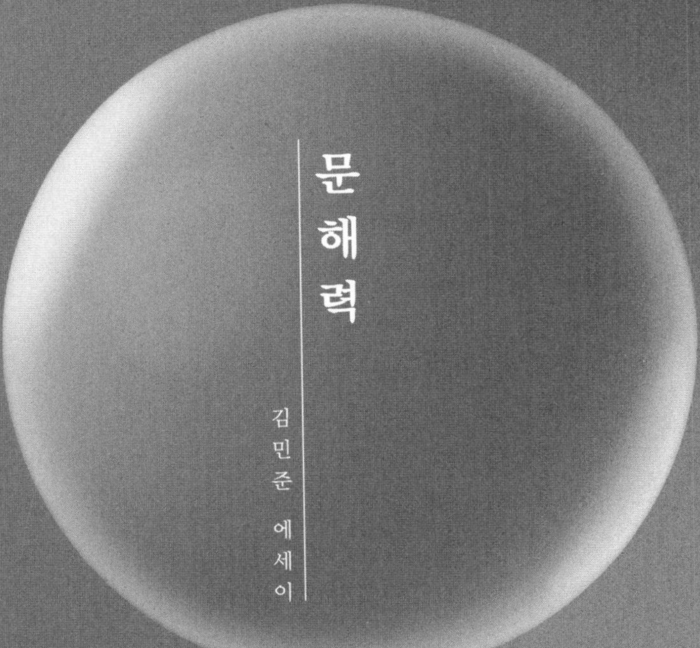

김민준 에세이

자화상

마음의 문해력으로 세상을 마주할 때

가끔씩 쉽게 해석할 수 없는 감정들에 마주하곤 합니다. 그 느낌들은 마음 안에서 정처 없이 떠돌며 질문과 상처를 만들어내지요. 알맞게 살아가고 있는 것일까. 이대로 괜찮은 걸까. 삶이란 왜 이렇게 막막한 것일까. 헛헛한 기분을 뒤로한 채 괜히 투정처럼 스스로에게 질문하고 싶은 날이 있습니다. 특별한 문제가 있어서가 아니라, 삶이란 정말 이런 걸까? 한번쯤 돌아보아야 할 것 같은 시간이

낮과 밤처럼 반복되어 찾아오는 것입니다.

물론 사려 깊은 일상을 헤아리기 위해서는 어느 정도의 연습과 노력과 용기가 필요하겠지요. 진심을 곡해하지 않게, 외부의 영향이 그것 자체의 의미를 퇴색하지 않게 우리는 내 마음의 문해력을 길러 가며 자신과 세상을 마주할 줄 알아야 한다고 믿습니다. 그리하여 세상의 올바른 면을 느끼고 상대방을 있는 그대로 바라보기 위해서 우리는 다정함을 읽고 그 뜻을 이해하려는 노력을 지속해야 합니다.

때로 세상에서 벌어지는 현상들은 너무 긴 문장이 되기도 합니다. 안타깝게도 일상 속에는 늘 친절한 일만 존재하는 것은 아니라는 뜻이지요. 해야만 하는 일을 지속하는 힘이 중요한 이유가 바로 그곳에 있습니다. 읽고 싶은 대로 읽는 것이 아니라, 내가 읽어 가는 방식과 그 일화에 담긴 참뜻을 연결하며 올바르게 상호작용하고 감정을 도출해내는 과정이 필요합니다. 마음이란 작용 반작용처럼 원인과 결과로 작용하기도 하지만 그 사이에는 복잡한 타인의 사고가 수없이 존재하고 있기 때문이지요.

올바른 느낌을 형상하고 과정을 풀이해 나가는 것, 바로 그것이 일상 속에서 나름의 건강함을 만들어내는 비결이 아닐까요. 복습하고 또 복습하는 것입니다. 이 책 속에는 이런 저런 일과 느낌들이 담겨 있습니다. 저는 그것들이 읽는 이로 하여금 자신의 마음을 마주하고 이해하는 데 도움이 되길 바랍니다. 여러 가지의 관점이 있음을 받아들이고 하나의 주제 의식에도 다양한 태도로 마주해보는 것입니다.

지친 날마다 저를 구원해주었던 것은 다정함이었지요. 하지만 그 다정함을 느끼는 것 역시도 부단한 노력과 연습이 필요한 듯합니다. 다정함이란 결국 내가 느끼고 헤아리는 것이지요. 스스로 인지하지 못한다면 그것은 그저 지나치는 쓸쓸한 먼지나 바람에 지나지 않을 것입니다. 결국 다정하다는 느낌 역시도 내 마음의 문해력으로 무언가를 읽고 이해하는 과정입니다.

때로 삶은 한 줄의 시처럼 느껴지기도 하고 가끔씩 미스터리 소설처럼 복잡하기도 하지요. 단 번에 그 시간들을 이해하고자 하면 결말에 당도하기도 전에 책을 덮어버릴지도 모릅니다. 고로 급하지 않게 천천히 음미하듯 시간을 마주해보면 살아가는 일의 의미도 스스로 깨닫는 날이 올 것입니다.

저는 아직도 세상을 있는 그대로 바라보기가 어렵게만 느껴집니다. 빈번하게 지금 이 감정이 어렵고 낯설다는 기분이 들곤 합니다. 그 헛헛한 기분 속에서도 정확하게 말할 수 있는 것이 있다면 삶의 중심은 나의 감정을 있는 그대로 읽어 나가는 일에서 출발한다는 것입니다.

나를 이해하기 위하여 무언가를 쓰고 읽습니다. 나를 이해하기 위하여 밥을 먹고 잠을 청합니다. 나를 이해하기 위하여 사랑하고 슬퍼합니다. 그 결과 조금씩 나는 나를 읽고 당신을 헤아리고 우리는 서로에게 의지하며 순수한 자기 자신이 됩니다.

모쪼록 이 책이 자신의 마음을 잘 읽고 천천히 쓰다듬어 가는 다정한 시간이길 바랍니다.

2023년 여름, 광주에서

김민준

사랑하는 나의 아내와 아이에게

이토록 작은 한 권의 보드라움을 바칩니다.

차례

CHAPTER 2

다정함의 빈곤

CHAPTER 3

외로움을 치유하는 시간

CHAPTER 4

내 안의 벽을 마주한다는 것

CHAPTER 5

사랑의 재발명

CHAPTER 1

내 길 위의 다정함만이라도

언행의 예쁨

언행의 예쁨에 대해 이야기하고자 한다. 나는 그 정돈된 이행이 곧 지능과 공감능력의 증명임을 믿는다. 그러니까 타인을 배려하는 행위, 고운 언어를 활용하는 모습은 그저 마음이 넓다는 말로 통용되어서는 안 된다. 그들은 높은 지능과 체력 그리고 도덕성을 갖추고 있는 능력 있는 존재들이다.

나는 오늘날 '기본'이라는 단어의 뜻에 대해 곰곰 고심해보는 일이 잦다. 그리고 기본과 평균에 대해 생각해보곤 한다. 정확하게 구분하자면 기본과 평균은 분명 다를 것이다. 건강한 사회인으로서 살아가기 위해 우리에게 주어진 기본적인 책무는 제법 무겁다. 그것을 지키는 것만으로도 피로도가 높아진다. 우리는 평균적으로 그 기본을 잘 지켜 나가곤 하지만 마음이 무너지거나 체력의 한계가 찾아올 때 간혹 기본적인 것을 내려놓는 누군가 혹은 자신을 발견하고 만다.

내가 기본이라고 생각하는 것들은 사실 기본의 정의보다 훨씬 소소한 일일 때가 많다. 당장 분리배출만 봐도 그렇다. 분리 배출장을 가서 유심히 둘러보면 테이프를 뜯어 접지 않아 입구를 벌린 채로 나뒹구는 박스들부터 이물질이 가득 묻어 있는 플라스틱, 상품 라벨을 떼지 않은 상태로 버려진 음료 용기까지 누군가 기본은 했다고 생각하며 던져놓은 것들은 실제로는 기본의 요건에 충족되지 않는 모습이다.

하지만 그 부족함을 채우기 위해 노력하는 사람

들이 있다. 타인의 부족함에 내 의지를 더해 세상의 부족한 기본기를 다져가고자 애쓰는 사람들. 실제로 그들이 그런 거창한 의미를 지니고 살아가는지는 알 수 없지만 결과적으로 그런 존재들로 인해 우리 사회가 적어도 기본은 하며 유지되고 있는 건 아닐까.

말이라는 것도 마찬가지다. 내가 기본이라고 생각하는 수준의 표현과 어감으로는 다정한 소통의 기본 정의를 충족시키기 어려울 때가 많다. 내가 행위자가 아니라, 그 언행의 대상이라고 한번 생각해보자. 나는 상대방의 기본을 만족할 수 있을까. 우리가 서로 언제든 관계적으로 다른 위치와 상황 속에서 만날 수 있다고 인식하면 말과 행동 전에 조금 더 조심하게 되는 나를 발견한다. 하지만 그걸로 충분한 걸까.

인생을 친절하고 더 다정한 것들로 채워보고 싶다. 나 혼자만 노력한다고 해서 우리가 살아가는 이 시대, 다정함의 평균도 높아지는 걸까. 그런 딜레마에 빠질 때가 있겠지만 어디까지나 시작은 내가 살아가는 환경이다. 시대의 다정함이 아니라, 내가 걸어가는 길 위의 다정함을 지켜 나가기 위해 노력한다면 희망이 있지 않을까.

나는 지금 커피 한 잔을 들고 벤치에 앉아 햇볕을 쬐고 있다. 그저 기분이 좋다. 이 햇살이 당연한 걸까. 과학적으로 이 인과는 인간들이 살아가는 성품의 문제가 크게 연관이 없을 수도 있다만, 심적으로 나는 이 순간이 감사하고 소중했다. 도덕이란 무엇일까. 다정한 언행이란 어떤 걸까. 나의 이런 행복도 다른 이의 소중한 시간도 다 함부로 대하진 않는 것이 중요하다고 느꼈다. 그리고 감사 인사를 꼭 잊지 말아야겠다고 다짐했다.

나의 행복이 결코 나 혼자서는 완전해질 수 없음을 겸허히 받아들이고자 한다.

개똥철학

어느 정도 삶이 상승 곡선을 그린 이후에 대개 사람들은 자신이 이룩한 성과의 원인을 파악하려고 한다. 이를 성공 법칙이라 지칭하며 그대로 실천만 하면 누구라도 성공할 수 있을 것 같은 착각에 빠지기도 한다.

하지만 나의 지극히 모자란 논리와 근거로 말미암아 말하자면, 인생의 과정 중 가장 지대한 영향을 끼치는 것은 운과 상황이었다. 노력과 실력 그리고 타이밍이 우연처럼 기가 막히게 맞아 떨어졌을 때 사람은 자기의 능력보다 더 큰 결과를 만들어내기도 하고 전혀 기대할 수 없었던 성과를 얻기도 하는 것이다.

물론 부단한 노력으로 쌓아올린 능력을 실전에서 잘 활용하여 결과를 얻는 일도 있다. 꼼수와 요령을 피우지 않고 성실함과 자신의 능력에만 의존하여 이 삶을 진행해보고자 하는 그 태도는 얼마나 숭고한가. 그러나 그 성실함이 운과 상황의 영향으로 큰 벽에 부딪히는 것들을 많이 보아 왔다. 자신이 노력한 만큼 그 배신감과 자책도 클 수밖에 없을 터.

그렇다면 반대로 생각해서 인생의 운을 높일 수 있는 방법이 있을까?

어느 운동선수는 자신의 운을 높이기 위해서 매일매일 선행을 한다고 한다. 이를 테면 쓰레기를 줍는다든가 타인의 무거운 짐을 들어준다든가 하며 어떤 방식으로든 솔선수범 하는 모양이다. 하나

A라는 과거의 사건이 B라는 미래의 전혀 다른 사건에 끼치는 영향과 인과 관계를 면밀히 증명하기는 어렵다. 그저 스스로가 그렇게 믿기 때문에 마음의 안정을 위해 선행을 지속한다는 편이 더 과학적인 설명에 가까울 것이다.

매일의 선행이 운을 더 좋게 만들어준다는 것에는 동의할 수 없으나, 꾸준한 친절이 내 삶을 변화시킬 수 있다는 것에는 동의한다. 친절과 따뜻함을 반복하다 보면 그 태도가 나의 일부가 되고 결국 나에 대한 주변의 시선과 감정들에 긍정적인 영향을 끼치게 되기 때문이다. 가장 중요한 것은 스스로 그 친절을 베풀며 느끼는 에너지를 일상에 다시 적용시킬 수 있다는 점이다. 내 안에 친절함이 있다면 똑같은 상황이라도 조금 더 활기 있게 반응할 수 있다.

사실 인간이 기본적으로 지니고 있는 마음의 총량은 크게 차이가 없는 건 아닐까. 근력을 늘려가듯 꾸준하게 씀씀이를 만들어 가다 보면 마음은 더

섬세한 작업들, 무거운 역할들에도 제법 힘을 발휘하게 되는지도 모르겠다. 타고남보다 살아가는 방식이 인간의 아름다움을 만들어내는 비결이라고 믿어보고 싶다.

그리하여 오늘은 나름대로 나도 '성공을 부르는 개똥철학' 하나를 만들어보고자 한다.

하루하루 성실히 나에게 친절하기. 만나는 사람들에게 밝게 인사를 건네기. 같은 말이라도 잠깐 시간을 들여 마음의 온기를 담아 전하기. 누군가를 원망하지 않기 위하여 중요한 선택은 내 생각을 주된 근거로 채택하기. 어느 한 순간 커다란 성공을 위해 살아가지 않도록 조금씩 행복을 음미하며 긴 인생의 가지와 내 뿌리가 화음을 이루게 하기. 위 내용처럼 살다가 인생이 조금 버거울 때에도 너무 쉽게 후회하지 않기. 친절함이 곧 능력임을 의심하지 않기.

쓰다 보니 이건 철학이 아니라, 그저 버킷리스트 같은 것이 되어버리고 말았으나 행복의 구성물들이 곧 내 철학의 세계관 그 자체이니 어렵더라도 과제를 삼는다면 나는 숭고한 것보다 마음이 본디 즐거운 일들 쪽으로 방향을 잡고자 한다.

거울

내게 오는 말들 중 어떤 걸 골라 내 안에 담을지, 나는 무엇에 집중할 것인지. 바로 그러한 태도가 자기 삶을 사랑하며 살아갈 줄 아는 능력과 직결된다. 지금 행복하다고 느끼는 사람은 살아오면서 기쁜 일만 겪어 온 사람이 아니라, 크고 작은 슬픔 속에서도 삶이 주는 양분을 성실히 곱씹으며 성장해 온 사람일 것이다. 예컨대 때로는 듣기 싫은 소리들, 나를 아프게 하는 말들에는 신경을 끄고 자연히 흘러가도록 내버려두는 것도 자연 속에서 우리가 매순간 마주할 수 있는 배움이겠다.

나를 향한 주변의 생각들까지 다 조율하고자 하는 것은 어쩌면 욕심인지도 모르겠다. 다만 자기 안에 있는 거울을 윤이 나도록 닦아놓을 뿐이다. 정작 우리가 기이 생각하고 고심해야 할 것이 바로 거기에 있으니 말이다.

매듭

나는 다른 사람을 종종 이해하지 못한다. 그래서 간혹 있는 그대로 받아들일 때가 있다. 왜냐하면 노력한들 어차피 이해할 수 없기 때문이다.

위 문장은 제법 난해한 딜레마를 지니고 있지만 꽤나 그럴싸하다. 오늘날 우리가 적절히 소통하기 위해서는 상대를 이해하는 것이 필수일까? 이해란 소통의 완성 단계이다. 하지만 매일 우리가 겪는 대부분의 연결은 완전할 수 없고 빠르고 일방적으로 흘러가기 마련이다. 그것들 하나하나에 이해를 대입시키면 일상은 역경에 빠진다.

이해하고자 하는 마음 자체는 중요한 것이나 그 노력이 오히려 단순한 일을 복잡하게 만들 수 있다는 점에서 적절한 순화가 필요하다. 나는 이해보다 현상 그 자체에 주목하고자 한다.

누군가 자주 맞춤법을 틀리는 사람이 있다면, 맞춤법을 '틀렸구나.' 하고 가볍게 지나면 된다. 내게 물을 쏟으면 '물을 쏟았구나 닦아야겠군.' 하고 현상에만 집중하고 조심해 달라 말하고 넘어가면 되는 것이다. '맞춤법을 틀렸네. 왜 저 사람은 매번 고치려고 하질 않을까?'라는 식으로 더 들어가는 순간, 내 감정은 복잡해진다. 정작 상대방은 아무렇지도 않은데 내 기분만 어지러워지는 것이다.

관계에 있어서 순탄하다는 뜻은 사실 뭐, 그런 거 아닐까. 상대방과 나 사이 일어난 현상에 대해 언제 어떻게 매듭지어야 할지를 알맞게 아는 것이다. 바로잡아야 할 것이 있다면 바로잡을 것을 이야기하고, 구태여 이해하고자 속으로 끙끙대지 않아야 한다.

이해하는 것보다 중요한 것은 일단 듣는 것이다. 섣부르게 이해의 단절을 말하지 않고 타자의 지금을 잘 듣고 바라본다. 그러곤 있는 그대로 인정하는 것이다. 누구나 서로를 잘 모른다. 사실 우리는 서로를 거의 모른다고 해도 과언이 아니다. 짧은 순간 상대를 행동을 이해하려고 애쓰기보다는 그저 듣고 반응하고 기억해가는 단계로 진행하는 것도 좋겠다. 좋다가도 밉고 답답하다가도 고마운 게 사람의 마음이니. 때로는 감정이 아니라 행동 그 자체에만 집중했을 때 더 편안한 일들이 있는 셈이다.

모든 관계, 모든 대화, 모든 현상이 완벽히 완성될 수 없음을 과감히 인정해야 한다. 불편한 상황이 벌어지면 짜증이라는 내 감정을 거기에 섞는 것이 아니라, 그저 '불편한 것'으로 매듭지을 수 있는 용기도 필요하다. '우리'를 위해서가 아니라 그저 '내 기분'을 위해서 말이다. 이런 나를 이해하지 못한다고 해도 소용없다. 나도 당신을 이해하지 못하기 때문이다.

해방

무엇을 아름다움으로 느낄 수 있는가. 얼마나 투명하게 그 감정을 받아들일 수가 있는가. 날마다 우리는 멀어지고 돌아오는 추억 속에서만, 기억에 의지하여 서로의 존재를 떠올리겠지.

가을비가 한차례 지나고 나니 찬 바람이 분다. 우리는 어느 시절에서 분명 좋고 싫은 사람들이었을까. 어찌 보면 세월이란 건 청춘이 해방한 솔직함이지. 시간이 흘러야 밝혀지는 진실처럼 사람도 관계도 멀리 흐르고 흘러서 다르게 보이는 때가 있다.

좋았고 여전히 좋은 사람. 좋은 사람이었고 돌아보면 서운한 사람. 무관심하였으나 뒤늦게 고마운 사람. 알다가도 모를 사람, 여전히 알다가도 모를 사람. 소나기 볼 때마다 잠깐 비를 피하며 오래전 일을 떠올린다. 쓸데없이 착한 사람도 있고, 그렇게나 쓸데없이 착한 사람도 있어서 참 다행이라는 생각이 들기도 했던 여러 추억이 지붕을 때린다.

이 삶, 얼마나 많은 이가 나와 연루되어 있나. 흐르고 흘러야 홍수처럼 쏟아지지 않으니 사람은 제 갈 길로 저마다 걸어가는 것인가 보다. 툭툭 털고 걷다 보면 어제 만났던 사람도 만나고, 그 옛날 가까웠던 친구도 만나고, 아주 오래전 이제는 긴가민가한 인물도 오다가다 보겠지. 빗소리를 들으니 그리워진다.

오래 비를 바라보며 느끼는 그리움은 언제나 신선한 기분이 든다.

아마도 그건
마음에 걸린 감기 같은 거야

건강한 사람도 감기에 걸리고, 누구나 한 번쯤 별것 아닌 일로 앓다가 시간이 흘러 왜 아팠는지 기억하지도 못한 채 즐겁게 오늘을 살아가기도 한다. 그러니 계절이 변하고 조금씩 날씨와 주변 환경의 절정을 바라보며 혼자 뒤처지고 있다는 느낌을 받는 것도 그리 큰 문제는 아닐 거라고 스스로를 다독인다.

집으로 돌아와서는 편지처럼 일기를 썼다.

2021년 봄, 서른 두 살의 나는 봄이 그리 대단한 것도 아니라고 생각했습니다. 그러나 봄-이라고 말할 때 입술이 부딪히는 그 기분만은 미워할 수가 없었습니다.

때로 이 계절은 외국어처럼 느껴지기도 한다. 이렇게나 밝고 아름다운 태동이 나의 내면에 있었을까. 열심히 일상을 살아도 때때로 마음은 아연해진다. 서투르기 짝이 없는 인간이지만 소중했던 순간을 잘 기억하는 일은 중요하다. 애정을 담아 나는 다시 한번 봄이라고 발음해본다. 봄날의 허무함이란 내가 나름대로 이 시기를 번역하는 마음의 방식이리라. 그 허무함과 나태함에 대하여 일일이 변명하지 않겠다.

마음의 감기는 자연히 지나가는 것이다. 아연할 정도의 깊은 상처는 없다. 오갈 곳 없는 느낌들이 어떻게든 자신을 해석해보려는 노력일 뿐. 잠깐 열렸다 닫히는 이 계절 역시도 사랑할 수밖에는 없다.

그 작은 틈 사이에서 어렴풋이 내비치는 속마음만이 어쩌면 진정 나 자신일지도 모르기 때문이다.

함축

뜻대로 흘러가지 않은 삶이 있는가 하면 때론 뜻 없이 흘려보내고 싶은 시절도 있다. 그 무위를 어떻게 해석해야 할까. 공교롭게도 사회는 지나치게 생산성을 기대한다. 그러나 기계적인 생산에 지나지 않는 것이 어떤 경쟁력을 지닐 수 있을지는 의문이다.

사는 방법도 마찬가지라고 본다. 제각기 자기 삶이 있는 것이다. 한 명 한 명에게 자기 삶이 있다는 뜻은 우리들이 나름대로 자기 삶을 인정하고 이해한다는 의미이다. 물론 책임은 본인이 지는 것이다. 책임을 진다면 얼렁뚱땅 흘려보내는 시간을 최대한 태평하게 보낼 자격도 있어야 한다는 말이 되겠다.

흘려보낸 시간이 아쉬워 무엇이든 그저 열심히, 열심히 노력하다 보면 당최 그것이 왜 중요한 것인지 까닭을 모를 때가 있다. 삶이란 먼 길이지 않은가. 숲이 모든 것을 다 품지 못하고 강물로 흘려내듯이 멍하니 마음에 갈증이 찾아올 때까지 시간을 씻겨내는 것 또한 자연스러운 일이라고 생각한다. 사실 나는 그처럼 흘려보내는 과정을 대단히 중요한 작업으로 섬기고 있다.

늦잠자고 일어나 배가 고프면 밥을 먹고 하릴없이 영화를 보고 소설을 읽는 일상을 살자. 그 시간은 낭비가 아니라 스스로의 빈껍데기 속으로 제게 알맞은 정신을 채워 넣는 씨앗 고르기의 계절이다. 그러다 아쉬움이 들고 무언가에 향수를 느끼거나 새로운 욕망을 알게 된다면 그제야 시작해도 사람은 늦지 않는다. 실속 없이 빠름만 추구하다 얼마 가지 못해 퍼지는 것보다 유유자적 천천히 의지를 심는 일이 오히려 효율적인 행위라고도 볼 수 있다.

그러니 타자에게 함부로, 지금은 어떤 시기라고 첨언을 하는 것이 얼마나 바보 같은 일인지 우리는 깨달아야 한다. 자기 시간은 자기가 정하는 대로 감내하는 것. 어떤 좋은 의미도 와닿지 않으면 소음이다.

내 삶의 시간과 누군가의 시간은 결코 같지 않다. 어쩌다 허망해 보이는 삶을 살아가는 누군가를 보더라도, 우선 그들의 마음가짐을 존중해야 한다. 도움을 요청하면 그때 대화를 나누면 된다. 묵묵히 내 시간을 살며 책 한 권 선물하듯이 그 뜻을 펼쳐 보이는 것이 조언이 아닐까.

함축된 인생의 어느 시점을 감히 무어라 지칭하기에는 우리가 너무 섣부르다는 생각이 든다. 아무렴 그저 흘러가야지. 그러다 보면 아무렇지 않게 살고 싶어진다. 그러한 모순이 삶의 재미가 아닐까. 수확의 시기는 내 안에 무엇을 품었는지에 따라 각기 다르다.

실망과 불합리함

이제 정말로 더위가 식어 가고 도심이 노랗게 새단장을 하는 가을입니다. 저는 왜 이맘때쯤 식욕이 마구 돋아나는 걸까요. 더운 여름이 끝나가는 시점부터 제 신체리듬은 생기를 찾아가는 것 같습니다.

아무튼 가을엔 무엇을 먹어도 맛있습니다. 사실 알레르기나 체질상 못 먹는 음식이 몇 가지 있지만 그렇다고 음식에 까다로운 편은 아닙니다. 적당히 맛있으면 배불리 잘 먹곤 하지요. 맛집을 찾아서 오랜 줄을 기다리는 경우도 흔하진 않습니다. 유유자적 걷다가 눈에 들어오는 식당으로 걸음을 옮기는 편이 훨씬 제 마음에 편한 것 같습니다. 꼬르륵 소리를 참아 가며 한참을 기다릴 만큼 저는 맛에 열정적이지 못한가 봅니다.

요즘은 무엇이든 후기에 민감한 세상이지요. 맛에도 예외는 없나 봅니다. 좋은 후기가 곧 선택의 기준이 되는 시대를 살아가고 있지만 저로서는 직접 경험하는 가치의 중요성도 다시 한번 강조될 필요가 있다는 생각이 듭니다. 물론 제가 뭘 좀 몰라서 하는 말일 수는 있겠지만 식당의 맛이나 서비스 같은 것들을 너무 자극적으로 표현하는 후기를 볼 때면 괜히 마음이 쓰입니다. 요리는 결국 사람이 하는 일이고 고객 응대도 사람이 하는 일이니 그 과정에서는, 겉으로는 단번에 알 수 없는 여러 가지 상황이 뒤엉켜 있는 것 아닐까 하는 생각마저 듭니다.

더불어 무언가를 잘 알고 즐기는 것도 중요하지만 잘 모른 채로 편하게 경험해보는 것도 나름대로 매력이 있다고 생각합니다. 후기가 없는 한적한 식당에 들어가는 것도 같은 맥락이지요. 세상엔 잘 모르기 때문에 느낄 수 있는 기쁨도 많지요. 큰 기대가 없기에 실망할 일도 적습니다.

우리는 때로 나의 불편과 실망이 정답인 것처럼 느끼기도 합니다. 자기 감정에 더 취약할 수밖에 없는 것이 사람의 숙명이니까요. 내가 느끼기에 기분이 좋지 않으니 남들에게도 동일할 것이라는 착각에 사로잡히기도 하지요. 그러나 나의 취향과 선호도가 너무 날카로워지면 심지어 그 편견이 타인에게 상처와 손해를 끼칠 수도 있답니다. 무엇이든 한 번의 경험으로 모든 것을 단정 짓는 태도는 좋지 않다고 생각합니다.

따라서 꼼꼼하게 일상의 안정을 유지하기 위해선 실망과 불합리함을 구별해낼 줄 아는 차분한 지혜가 필요한가 봅니다. 억울할 때면 일단 정지하시고 심호흡하세요. 화를 내기 전에 크게 호흡을 몇 번 가다듬고 방금 전 겪은 일을 차근차근 되짚어보세요. 마땅히 불합리함에 대해 맞서야 할 때에는 소리를 내어야지요. 하지만 대수롭지 않은 일은 길가에 떨어진 은행을 피하듯 보폭을 크게 넓혀 뛰어넘어야 할 때도 있는 것 같습니다.

이 가을에는 필히 타인의 경험에 지나치게 의존하여 내 선택지를 제한할 필요는 없다고 주장하고 싶습니다. 저는 가을이 좋습니다. 왜냐하면 제가 좋아하는 옷도 입을 수 있고 걸으며 주변을 돌아보기에 이만한 계절이 없다고 생각하기 때문입니다. 하지만 제가 경험했던 가을과 이 글을 읽는 누군가의 가을은 충분히 다를 수 있습니다. 그러니 당신은 당신만의 가을을 즐기고 그 느낌을 직접 아로새겼으면 합니다. 가을뿐만 아니라 경험하는 모든 것도 마찬가지입니다. 너무 섣부르게 실망하진 마세요.

슬픔을
전달하는 일

슬픔을 곧잘 표현하는 일에도 용기가 필요하다. 나는 줄곧 타인에게 부담을 주기 싫다는 이유로 감정적인 통증을 못내 참아내던 기억이 많으나, 그건 사실 내 용기가 부족했던 탓이라는 생각이 든다. 자기 감정에 솔직한 것과 내 감정만 생각하는 건 다르다. 자신의 느낌, 주장, 의견에도 상대방에 대한 예우는 동반되어야 한다. 사회성이란 결국 그 균형을 잘 유지하는 능력이다.

사회성이 부족하다는 말은 내성적이거나 주변의 관계가 좁은 것을 뜻하지 않는다. 단순한 범위가 아니라 소통하고 있는 대상들 사이의 이해 가능성이 곧 사회성인 셈이다. 물론 자신뿐만 아니라 상대방의 상황에 의해서도 영향을 받는 것이 슬픔의 이해하는 생각이 든다. 하지만 공교롭게도 언제, 어떻게, 왜, 누군가에게 이 슬픔을 공유해야 하는지 꼼꼼히 따져 가며 자기 감정을 표출하는 일은 드물다.

어쩌면 운동에너지와 같은 방식인지도 모르겠다. 일상생활에서 달리기를 할 때 오른발과 왼발로 지면을 어떻게 박차고 나가야 하는지 팔은 얼마나 빠르게 움직여야 하는지 가슴은 어떤 각도로 기울여야 하는지 매번 심사숙고 하는 일은 그리 많지 않은 것처럼, 경험과 노하우로 공감의 근력과 타이밍을 늘려가야만 한다.

두려움은 슬픔 그 자체가 아니라 그것이 응축되어 더는 말할 수 없는 응어리로 남는 것이다. 따라서 우리는 너무 늦기 전에 슬퍼해야 하고 그 슬픔을 나누어야 한다. 그렇게 되면 사전적인 의미의 슬픔이 아니라, 그보다 더 나은 슬픔이 분명 발견할 수 있다고 내 안의 작은 용기가 읊조린다.

제대로 슬퍼한다는 것과 그 슬픔을 전달하는 방식을 배워 나가는 것은 필히 통증과 어려움을 동반할 수밖에는 없겠지. 한 가지 유익한 팁이 있다면 그것을 꼭 말로 해야 하는 법이 있는 건 아니라는 거다. 슬픈 표정으로 쭈뼛거리는 것 또한 슬픔을 표현하는 참된 방식 중 하나다. 우리의 머뭇거림에는 다 그럴 만한 이유가 있는 셈이지. 여느 슬픔이 매번 불청객이 아니라는 걸 우리는 인정해야만 한다.

자기 감정

조카가 어느새 자기 감정에 대해서 이야기할 정도로 컸다. 출장을 떠나는 엄마에게 '있잖아 엄마. 나는 지금 배가 너무 아파서 엄마가 내 옆에 꼭 같이 있어 줬으면 좋겠어.'라고 말했다고 한다. 그 이야기를 듣자마자 나는 이상한 기분이 들었다. 나는 언제 내 감정을 타인에게 정말 솔직하게 표현해보았지?

나이를 먹어 갈수록 이해와 존중이라는 것이 동

반된다. 상대방의 입장을 고려하게 된다는 뜻이다. 하나 그로 인해 우리는 하고 싶은 말, 진정 원하는 것들을 표현하는 법을 잊은 건 아닐까. 사회화 작용으로 우리는 성장하지만 동시에 잃어버리는 것들도 생긴다. 타인과 함께 살아가기 위해서 자기 감정을 희석시킬 수밖에 없는 것이 현대인의 맹점인지도 모르겠다.

스스로를 너무 연민하는 것도 슬픈 일이나, 제 자신을 그 연민의 대상으로조차 여기지 않는 것 또한 서글픈 일이다. 어렵지만 상대방의 입장이 아니라 내 감정 그 자체를 들려주는 일도 가족이 분담해야 할 정당한 몫이라는 생각이 들었다.

인간의 품격

평소 극적으로 감동적인 실화나 드라마에는 냉소적이다. 기적 같은 일화에 도취되면 평범한 고난과 자연히 동반되는 불편함, 예측할 만한 역경과 노력 같은 것들이 비교적 쉽게 여겨질까 봐 조심스러운 기분이 든다. 찢어지게 가난한 가정에서 자라 누구도 예상치 못한 성공을 이루는 것과 평범한 중산층 가정에서 자라 남들과 크게 다르지 않는 사회인이 되는 것. 그 둘 중 무엇이 더 힘든 일인가를 따져볼 수가 있을까? 각자의 성장통을 시험성적처럼 나열할 수 없다.

나는 평범한 사람의 단조로운 일상이 지닌 의미에 대해 말하고 싶다. 우리 사회를 이루는 것이 바로 그 단조로움이기 때문이다. 우리 삶을 가치 있게 만드는 건 가끔 완성되는 드라마가 아니라 매순간 그 중심에 있는 대중이다. 그 한 명 한 명이 인간의 품격을 만들어 간다.

인간의 품격이란 그 삶을 살아가는 주체의 마음가짐과 행실을 토대로 한다. 얼마나 어렵게 성공했는가, 즉 방해 요인과 역경의 외적 규모가 인생의 감동을 만들어내는 주 요인은 아니라는 뜻이다. 남들 눈에 큰 굴곡이 없는 삶이었을지라도 그 속의 주체는 아주 복잡한 시간들이 오고 간다. 따라서 타인에 대한 존중은 그들의 평범해 보이는 일상을 당연시여기지 않는 마음가짐에 있다.

가끔 그런 생각이 든다. 어쩌면 모든 삶은 자신을 설득하기 위해 존재하는 것이 아닐까. 화려하지 않은 외형 속에서도 자신에 대한 올바름으로 삶의 격을 형성하는 모습을 보면 나는 조용히 감명받는다. 놀라운 탄성이 아니라, 응축된 호흡이 천천히 내 안으로 내려앉는다. 그러한 감동은 때로 다른 이들에게 영향을 끼치고 삶의 무게중심을 바꾸어놓기도 한다.

나는 아주 평범한 삶을 살아왔다. 하지만 그 평범함 속엔 스스로에 대한 끝없는 의구심이 가득했다. 많은 꿈을 시도조차 하기 전에 내려놓았다. 망설이다 보니 답안지는 이미 제출되고 난 이후였다. 나처럼 그러한 경험을 지닌 이들도 여럿 있을 테다. 나는 주로 그 선택지들 사이에서 결과론적인 확신의 여부를 두고 고민하였으나, 생각을 조금 달리하여 그 마음가짐의 이유와 망설임에 대한 근거들을 더 깊이 바라보았다면 조금 더 스스로에게 친절한 사람이 될 수 있지 않았을까 하는 생각이 든다.

자세히 바라보면 많은 사람은 묵묵히 절실하다. 소란스럽지 않다고 해서 쉬운 삶을 살고 있는 것은 아니다. 만약에 조금 더 여유를 지니고 나를 돌볼 수가 있었다면 자신에게 더 멋진 품격의 젊은이로 기억될 수도 있었을까. 늦었지만 조금 더 어렸던 나에게 편지를 쓴다.

감동적일 필요도 없고 조금 재미없는 시간들이어도 괜찮다. 삶이 아름다운 것은 시도할 수 있고 좌절할 수도 있기 때문이다. 흥미로운 것은 때로 정확한 근거나 확신이 아니라 장난 같은 상상력 속에서 앞으로 나아갈 용기를 얻기도 했다는 점이다. 물론 그 용기란 이성과 감정의 조화 속에 있다. 절절하고 뜨겁게 바라보다가도 차갑게 머리를 식힐 줄 알아야 한다. 고백하자면 나의 훌륭한 기질은 바로 그렇게 애매한 감각과 구체적인 근거를 찾는 과정에서 발휘되었다.

삶에서 내가 눈부시게 활약하고 싶다는 욕심은 조금 내려놓고 아름다움이란 무엇일까 탐구하는 마음으로 시간을 보낸다면 좋겠다. 그렇게 살다 보면 어느새 내 삶의 품격도 스스로 만족하는 날이 올 것이다. 수수께끼 같은 삶이다. 하지만 그 질문들에는 다 나름의 의미가 있다.

틈

아주 가끔 그 옛날이 생각나요. 틈을 좁히기 위해 노력했던 무성한 나를 떠올려요. 햇살보다 조금 일찍 일어나 작은 기도를 하며 덜 말린 머리로 길을 나서죠. 머리에서 뚝뚝 조용한 진실처럼 물방울이 흘렀어요. 추운 날씨에 꽁꽁 얼어붙는 머리칼이 여간 정신없이 흘러가는 내 모습처럼 차갑게 느껴지네요. 바쁘다는 핑계로 돌보지 못한 나의 청춘, 믿는 구석이 없어 해볼 수 있는 거라곤 그저 열심히, 이대로 열심히 하는 것밖에는 없었던 그때. 거짓이 되지 않는 순간을 나는 그렇게 미련하게 보내왔네요.

아주 가끔 그 옛날이 나는 떠올라요. 틈을 지키기 위한 노력을 말이에요. 별밤같이 초롱초롱했던 눈빛이 이따금 거울 속을 스치고 부양 가족처럼 꼭 안고 흘러가는 내 상처들은 이제 반대로 나를 다독이는 친구가 되었죠. 한동안은 계절을 모르고 살았네요. 정처 없이 떠돌았던 걸까요. 나는 이제야 조금 안다고 생각했지만 중요한 걸 잊어버린 채 걸었던지도 몰라요. 해야만 하는 것 앞에서 하고 싶은 꿈을 허물 때, 내가 잊은 계절들은 또 얼마나 부드럽고 서운했을까요.

틈을 좁히기 위해 또는 틈을 지키기 위해 가시가 되고 반대로 꽃을 피워야 했던 내 매일의 서러움들에게 너무 고마워서 호흡으로 편지를 씁니다. 정답은 없었는데 정답만 요구했던 나는 참 모진 사람이었죠. 그렇게 살아왔죠. 늦은 밤 꺼지지 않던 내 방의 작은 등불은 멀리서 보면 지상의 별처럼 보이기도 할까요. 내 서글픔의 진실이에요. 아른아른하지만 그것만은 잊을 수 없죠. 조용히 품고 살아가는 사직서처럼 무언가를 제출하지 못한 채로 마음에 담아두고 나는 이렇게 묵묵히 살아요.

나와 나, 우리는 자연스러운 사이지요. 틈을 지키고 틈을 내어줘요. 내가 너무 밉고 나는 또 나를 보면 속상하면서도 그렇게 안아주고 싶을 수가 없네요. 틈만 나면, 미련해지지만 이런 나는 진실이에요.

전율

영원에 매몰될 때 관계는 멀어진다. 영원에 대한 집착은 현실에 대한 불안함에서 시작되는 거 아닌가. 대개 너무 좋은 것은 영원하지 않아서 좋은 것이다. 그 순간에 대한 불확실함이 우리를 끌어당기고 후회하게 하고 뜨겁게 전율시킨다.

마음이란 창문처럼 열고 닫는 것은 아니지. 닫힌 마음에 돌을 던지지 말자. 그저 각자의 길을 걷자. 가까워지고 멀어지는 것이 현생의 일이라면 그 짧았던 시절을 각자 소중히 간직하는 것으로 맺어 가는 과정도 중요하다. 무엇이 억울한가. 모든 일이 내 탓만은 아닌 것을. 예상과 다른 일이 너무 많아서 우리는 간혹 슬픔과 이기심을 착각하기도 하지.

평행

돌아보면 삶은 참 간단한 듯이 보이지만 현재는 늘 복잡한 것 같기도 하네요. 아주 사소한 것들부터 그렇습니다. 때로는 너무 많은 정보가 나를 흔들고, 또 때로는 너무 모르는 것이 많은 스스로가 답답합니다. 하지만 삶을 즐겁게 만드는 것도 같은 맥락이지요. 모르는 것이 약으로 작용할 때가 있고 잊어버리지 않아서 참 다행이라는 기분이 드는 순간도 있습니다.

사실 쑥스러움이 많은 탓에 전하고 싶은 말을 하지 못할 때가 더 많습니다. 그래서인지 고마운 이들에게 고맙다고 보고 싶다고 그러한 표현을 전하는 것도 잘 모른 채로 살아온 것 같습니다. 생각해보면 그건 좀 이기적인 일이기도 하지요. 내가 편하자고 내 속에 있는 말들을 조용히 혼자만 느끼고 슬쩍 전하며 살아왔다는 것은요. 하지만 아주 오랜만에 마주친 얼굴이라도 짧은 미소 속에 다 안다고, 이 인연에 감사하다고 그렇게 침묵의 온기로 화답해주는 사람들이 있어 이 겨울이 외롭지 않았습니다.

삶은 그저 출구 없는 미로인가 싶었으나 그러한 다정함으로 이제는 해답 없는 시간마저 산책처럼 여겨집니다. 어떤 식으로든 마음과 마음이 만나 인연이 맺어졌다면 그 모든 이에게 고맙다는 말을 전하고 싶은 밤입니다.

언젠가 함께 걷던 길처럼 조용히 나이 들어 가고 가사는 잘 몰라도 그 음악처럼 몇 소절 단어에 진심을 담아 당신에게 오래오래 함께 나아가는 익숙한 평생이고 싶습니다.

해피-뉴이어

모든 기다림은 고요한 밤을 닮았습니다. 그 밤의 중턱에서 촛불을 켜놓고 조용히 김이 모락모락 피어나는 차를 한 잔 마셨습니다. 아직 덜 마른 머리칼이 이 계절, 시린 몸과 마음 사이에 이슬처럼 맺히고 젖어갑니다. 눈처럼 켜켜이 쌓이는 풍경들 겉과 속의 온도가 다를 때 사물이거나 사람이거나 눈물이 맺히곤 하나 봅니다.

우리가 잊어버린 것들은 모두 어디에 있을까요. 밤하늘 어딘가에는 이슬처럼 동그랗게 낙하할 준

비를 하고 있는 약속들도 있을 겁니다. 그 공허함에 크고 작은 우울을 심어보기도 했던 나는 이제 슬픔도 삶의 이유들로 곧잘 길러낼 줄 아는 어른입니다.

외로운 밤에 끔뻑끔뻑 빛을 발산하는 외로운 눈처럼 긴 밤을 포획하는 잠 못 이루던 나는 그 자체로도 나름대로의 언어입니다. 그것은 화해를 중얼거리기 위한 형식이지요. 지친 자신과 화해하는 방식은 꼭 안간힘을 쓰고 울며 소리치지 않아도 고요하게 저물어 가는 새벽을 닮은 듯합니다.

한 해의 마지막 날 그 모든 나를 문지르고 섞어봅니다. 오일 파스텔로 열심히 혼합한 기억들이 빛의 가루들로 뭉치며 길게 선 하나를 이루어내지요. 춤을 추는 것 같기도 하고 흐느끼는 것 같기도 합니다. 그렇게 새벽은 깊어져 가지요. 가끔은 포기가 나를 낳고 내려놓음이 나를 길러준 어미처럼 느껴집니다. 이 한 해는 오늘로서 끝이 나겠지요. 하지만 기억이 희미해져도 완전히 없었던 일이 되지 않듯이 그저 무심히 내 안으로 끌어안는 다짐처럼 이 한 해를 기억해보고자 합니다.

해피-뉴이어. 스스로를 가엾다고 느끼지 않는 한 해를 살았습니다. 그럼에도 알려지지 않았을 뿐 모든 사람은 각자의 방식으로 슬프겠지요. 나를 조금 더 잘 읽어 갈 수 있는 태도를 지니겠다고, 타종 소리를 벗 삼아 검정색 하늘을 보며 크게 기지개를 켜는 밤이었습니다. 마지막 날과 새로운 한 해의 시작에 큰 의미를 부여하는 사람은 아니지만, 오늘만은 조금 특별한 하루였다고, 조용히 기억을 접어 두는 것도 괜찮다고 느꼈습니다.

CHAPTER 2

다정함의 빈곤

잊어버리거나
망각하는 힘

인생이란 기억의 편집 능력에 따른 결과 아닐까. 개개인의 삶은 전부다 명명백백 다르겠지만 큰 틀에서 현대인의 삶이 지향하는 바는 비슷하다는 생각도 든다. 그렇다면 어떤 기억을 품고 그것을 어떠한 태도로 떠올리는가 하는 점이 삶의 만족도에 큰 영향을 끼칠 테다.

요즘은 많은 콘텐츠가 태도에 주목한다. 사실은 이미 오래전 현인들의 이야기에서도 늘 태도에 주목하고 있었다. 그것은 일회성으로 삶에 영향을 발휘하는 것은 아닐 것이다. 단 한 번의 기회로 삶은 결정되지 않는다. 그렇다고 한다면 모든 삶은 이미 맹렬히 부서져 버렸을지도 모른다. 우리는 삶의 태도를 어떤 일회적인 사건과 기회로 분간하지 말아야 한다.

일어난 사건 그 자체로의 특수성은 이제 거의 사라졌다. 인간의 역사는 계속해서 쌓여 가고 있기 때문이다. 인간은 지구에서 제법 오래 머물며 생존해 왔다. 어떤 기쁨도, 어떤 비통함도 일어난 사실 그 자체로는 특수함을 찾아볼 수 없는 지경이다. 그러나 감정이 개입되면 이야기가 달라지지 않나. 똑같은 사실이라도 우리는 다르게 인지하고 특별하게 간직할 수 있다. 바로 그것이 태도가 지닌 놀라움이며 또한 중대함이다.

나는 왜 태도와 함께 기억의 편집 능력에 대해서 논하고 있는 걸까. 사람이 느끼고 사고하는 방식 그것을 태도라고 지칭한다면, 그 태도를 더 좋은 방향으로 이끌어 줄 수 있는 능력이 잊어버리거나 망각하는 힘이라고 생각하기 때문이다. 때로 삶은 너무 정확히 기억되기 때문에 슬프다. 반대로 삶은 망각하는 자에게 자비롭기도 하다. 물론 어디까지나 상식과 도덕의 범주 안에서의 이야기다.

큰 윤리의 범주 안에서 벌어진 사건을 내게 좋은 방향으로 망각하는 힘, 그것을 달리 말하면 긍정적으로 사고하는 태도이다. 우리에겐 수많은 기억과 선택, 내가 한 말과 주고받은 이야기가 있다. 하지만 잊어버리고 망각해야 한다. 망각이 기억하는 것보다 더 현대인에게는 중요하다.

누군가 내게 무심코 던진 아픈 말. 그것은 내 잘못이 아니다. 잊어버려야 한다. 쌓아두면 병이 되고 어딘가 부서진다. 어쩌면 '조금 이상한 사람이네.' 하고 가볍게 망각하며 내 갈 길로 나아가는 것이 편리하고 현명한 방식일 수 있다.

나는 아주 어렸을 때부터 대인관계를 어려워했다. 사람들이 내 말과 마음을 곧이곧대로 착각하는 것이 쉽게 이해되지 않았다. 오랜 질문의 끝에 내가 도달한 결론이 있다면 대부분 사람들의 생각은 일반적인 사례가 아니라, 각자의 현재 감정에 더 크게 기인한다는 것이다.

사람들은 대상 그 자체가 아니라, 자신의 현재 상황과 감정에 미루어보아 대상을 판단한다. 물론 나도 마찬가지로. 누군가를 인지하고 관계를 형성하는 것 자체가 실수와 망각의 시작인 것이다. 거기에서 '정확한 나', '올바른 나', '진짜 나'를 지키려고 혼자 전전긍긍할 이유도 없었던 거다.

나는 다만 내 삶을 살면 된다. 잊어버리고 망각하다 보면, 기억할 만큼 좋은 것들도 있다는 것을 알게 된다. 둘 중 무엇이 먼저인지는 모르겠다만 어쨌든 태도의 역할 이전에 그 태도가 제대로 내 삶의 면역력이 될 수 있도록 각각의 감정과 기억을 분류해내어, 버릴 것은 버리는 행위가 선행되어야 한다.

빈곤

사회가 신뢰에 관하여 빈곤을 겪고 있다. 이제는 누구를 믿고, 무엇에 기대어야 할지 쉽게 갈피를 잡기 어렵다. 법과 정의의 영역도 마찬가지다. 도덕의 관점에서 볼 때 믿기 어려운 결정이 잦아지고 있다. 내 편과 다른 편을 구분 짓는 일이 사회 정의보다 앞서게 되는 경우들을 종종 보게 된다.

어쩌면 지금은 성장이 아니라, 현 시대에 존재하는 갈등에 대하여 깊이 탐구해야 할 시기는 아닐까. 남녀 갈등, 세대 갈등, 이웃 갈등, 수많은 크고 작은 균열들이 곳곳에서 동시다발적으로 붕괴되어 좌초해버린 듯 보인다. 무엇이 우리를 이토록 가여운 존재로 만들었을까.

배려와 신뢰가 사라진 자리에 이기심과 증오가 스며들며 일상을 좀먹어 가고 있다. 때로는 사회의 구성원인 우리가 직접 갈등의 매개체 역할을 자처하며 슬픔을 찾아 헤매는 듯도 하다. 현시대의 비극은 '당신이 슬퍼야 내가 분노할 수 있다.' 같은 논리로 타자의 슬픔 위에 자신의 울분을 투영하며 사회에 목소리를 낸다. 그러나 그것은 정말 진실한 슬픔인가. 그때마다 나는 눈을 질끈 감는다. 너무 아프기 전에 슬퍼지기 전에 우리에게 수많은 선택지가 놓여 있지는 않았을까. 이렇게 되기 이전에 우리에게 제법 많은 기회가 주어지지 않았을까.

우리는 혹시 도덕보다 내 기분이 중요한 시대를 살아가고 있는 게 아닐까. 다정함의 빈곤에 허덕이고 있는 주위를 둘러보면 가슴이 턱 막힌다. 정의롭게 살고 싶다. 나만 예외인 세상이 아니라, 스스로를 객관화하고 반성하며 실수를 인정하는 사회, 그것이 인간다운 삶이 아니었던가. 너무 늦지 않게 다정함의 법률이 우리의 긴 우울을 다독일 수 있기를.

미성숙

편한 것만 하고 살다 보면 어느새 불평만 하는 지루한 어른이 되어 있을 것이다. 세상은 복잡하고 내가 원하는 대로 흘러가지도 않는다. 그러니 성실한 어른이 된다는 건 어렵고 불편한 것을 적당히 인내할 줄 안다는 뜻이다. 따라서 어른의 세계에는 스트레스를 적절히 감내하는 행위가 동반되기 마련이다.

별것도 아닌 일에 화를 내는 사람은 자신의 스트

레스를 약한 곳에 쏟아내는 부끄러운 인간이라고 생각한다. 그 별것 아닌 일이 무엇인지에 대해서는 각자 떠올리는 바가 다양하겠지만 내가 생각하는 그것은 누구나 마주칠 수 있는 실수 혹은 당연한 불편함 같은 것들이다.

예컨대 어제 은행을 방문했는데 일 처리가 느리다며 소리를 지르는 사람을 보았다. 나이는 한참 먹었어도 나는 그런 사람을 어른이라고 생각하지 않는다. 무엇이 그를 답답할 때마다 소리치는 사람으로 만든 것일까. 어떤 세월이 그를 그런 미성숙함으로 길러 왔을까. 한 단면만 보고 그 사람 전체를 판단할 수 없으나 어른이라면 지켜야 할 소양이란 것이 있다.

언제나 기다림은 필요하다. 어디에나 약간의 불편함은 있기 마련이다. 때로는 일사천리로 일이 진행되는 반면, 때로는 인터넷에 문제가 생기거나 첫 출근한 직원이 작은 실수를 하여 업무 진행이 늦어질 수도 있다. 매일 가던 맛집의 음식 맛이 오늘은 좀 싱거울 때도 있고, 번호표를 뽑고 기다리는데 누가 내 차례를 새치기하는 일도 있다.

그런 자잘한 사건은 사람이라면 한 번쯤 마주치기 마련이고 누구에게나 일어날 수 있는 우연한 사고다. 느낌이나 불만 사항을 표현할 수는 있으나 그 상황 자체를 전혀 이해할 수 없고 받아들일 수 없다면 그건 건강한 어른이 되지 못한 미성숙한 사람이라고 생각한다.

내 차례가 와서 은행 업무를 보았다. 기다릴 만했다. 별로 오래 걸리지도 않았다. 이후 주민센터에 방문해서 필요한 서류를 부탁드렸다. 일 처리는 깔끔했다. 하지만 해당 창구의 다음 사람은 앉자마자 화를 냈다. 자세한 내용은 모른다만 그리 큰일은 아님이 분명했다.

무엇이 그들을 화나게 했을까. 그 분노란 결국 스스로에게 내재된 감정은 아니었을까. 정작 불만족스러운 건 자신의 현 상황이지 상대방의 탓은 아닐 것이다. 누구나 미성숙함을 지니고 있겠으나 그 정도가 나의 정신에 부끄럽지 않아야 한다고 느낀 하루였다.

자신의 스트레스는 남에게 미루지 말고 알아서 잘 분리 배출할 것. 어쩌면 우리 사회가 나아가야 할 방향은 시민의 완전한 성숙이 아니라 무분별한 미성숙의 지양이 아닐까.

시절

세상이 복잡하고 다각화될수록 공교롭게도 분명하고 단출한 것에 관심이 높아진다는 건 조금 우스운 일이지. 오늘 우리가 느끼는 빈곤과 허전함이란 가지지 못한 게 원인이 아닐 수 있다. 어쩌면 빈곤과 허전함의 근본은 경험하지 못하고 이미 지나온 시간에 머물러 있는 게 아닐까.

행복이라고 다 같은 것이 아니고, 사랑이라고 늘 같은 모습으로 내게 달려와 안기진 않을 텐데. 그

많고 많은 소중한 시절이 저마다 어떤 모습으로 멀어져 갔는지 나는 정확히 기억하지 못하고 있고 여전히 헤아리지 못하고 있다. 사랑과 애정, 희망과 기대가 흐릿해진다는 건 서글픈 일이지. 단순한 것에 대한 관심은 아무리 복잡해도 본질은 대체될 수 없다는 뜻일까.

진정한 성숙이란 뻔뻔해지는 게 아니라 떳떳해지는 것임을 아는 어른이 되어야겠다. 아주 간단한 것이 가장 지키기 어렵고 소중하다. 한마디로 옮겨 적을 수 있는 감정이 수만 가지의 모습으로 우리 기억 속에 남아 있는 것을 보면 소중한 것 하나의 의미란 세상의 전부와도 바꿀 수 없는 유일한 것인가 보다.

내가 누구인지
여긴 어디인지

한탕주의가 만연하는 세상이지만 성실하게 쌓아가는 개인의 경험과 사건들이 결국엔 튼실한 삶을 이루는 것이라고 믿고 있다. 성공에 대한 잡음이 끊이지 않는 시대를 살아가고 있으나, 그 속엔 절대적인 공식은 없고, 자기 철학 속의 꾸준함이라는 기본 전제만이 있을 뿐이다. 나는 스스로에게 말했다. 소문과 조바심에 흔들리지 않고 유행과 탁월함이 아니라 차츰 내 안에 자라난 자부심과 근원적인 가치관이 영향을 끼치는 삶을 살아가자고.

열심히만 한다고 모두가 성공을 하는 시대는 아니다. 긍정을 강요할 순 없어도 그 의미의 참된 모습을 오래 바라보아야 한다고 말하고 싶다. 행복이란 내가 누구인지, 나는 어떤 사람인지를 알아 가는 과정 속에서 이미 도래하고 있다. 삶의 중심에 무엇이 있는지는 스스로 알아 가는 것이다.

지나간 시간과 아직 오지 않은 순간 속에서 성숙하고 떳떳한 자아로 남고 싶다. 그러기 위해서는 자신에 대한 빈곤을 해결해야 한다. 의지에 대한 확신이 아니라, 그 이유와 근거에 대해 갈구할 줄 알아야 하며, 스스로를 객관화하되 삶이란 아주 개인적이어서 쉽게 주눅들 이유는 없다고 당당할 줄도 알아야 한다.

그것은 모호하고 길며 복잡하다. 하지만 하나씩 차근차근 미루지 않고 여러 방식으로 시도해본다면 약간의 희망이 의연중의 실마리가 우리 곁을 스치기도 할 것이다. 나를 써내려 갈 수식어들을 고민해보며 하나둘 새로 쓴다. 아직은 더 가야 할지라도 묵묵히 걷는다.

모순

가장 적절한 일이 가장 어려웠던 때도 있었고, 복잡한 일이 실상은 간단한 일이었던 때도 있었다. 마음이 하는 일은 그렇다. 잘 먹고 잘 사는 일과는 조금 다를 수 있다. 사랑하는 것은 삶에서 가장 아름다운 것. 동시에 가장 두려운 것. 소중함이 무엇인지 깨닫는 일은 행복한 것. 더불어 그 부재의 무게가 무엇으로도 견딜 수 없는 것. 세상에 아쉬워서 하는 사랑이 있을까. 너무 좋아서 하는 사랑만이 슬픔마저 껴안고 묵묵히 행진한다.

어떤 현실은 전혀 현실적이지가 않아서 좀처럼 실감이 나지 않을 때가 있다. 가끔 그 커다란 허무 앞에서 태연한 듯 살아가고자 할 때 사람은 어딘가 고장 나기도 하는 것 같다. 말을 잃고 자꾸만 어딘가에 기대 답을 듣고자 할 때, 세상 어디에도 우리가 바라는 대답은 존재하지 않는 것 같아 쓸쓸함에 파르르 떨기도 한다.

인생의 과업은 꼭 외부에서 찾는 것만은 아닐 것이다. 지극히 당연하게 소중한 것이 내 삶에 찾아온다. 소중함을 성실히 지켜 나가는 일은 모순적이게도 너무나 서운한 일이 되기도 하나, 내가 지금껏 간과한 것이 있다면 그 모든 것을 혼자서 감내해야 한다는 착각이었다.

마음이란 결코 혼자서 덩그러니 있지 않다. 우리는 늘 어딘가에 기대 있고 스스로도 알 수 없는 끈을 부여잡으며 압력을 주고받고 있다. 그리하여 소중하고 어려운 일을 성실히 지켜 가기 위해서는 그 마음들이 같이 마주하여 논의해야 한다. 내 슬픔이 결코 외딴 섬처럼 홀로 떨어져 있는 것이 아니므로 당신의 외로움도 나와 전혀 무관하지 않음에 예의를 갖추어야 하는 것이다.

격양되어 소리를 치든 조용히 담소를 나누든 혼자 걸을 때든 우리는 기꺼이 갈등의 대상과 마주해야 한다. 사실 쉬운 것은 도망치는 것이다. 지레 겁먹고 뒷걸음질 치는 것 또한 하나의 자연스러운 반응이라면 반응이나, 매번 그렇게 살아갈 수는 없다.

쉽게 살다가도 때로는 용기를 내어 어려운 길을 반듯하게 걸어가 보기도 하는 것이 삶이겠지. 정확하게 내 기쁨과 슬픔을 전달하고 정확하게 당신의 서운함과 고마움에 귀 기울이기 위해서, 우리는 어렵게 살아간다. 그 어려운 일이 때로는 가장 적절한 길이다.

목표 지향

목표치 설정이 무언가를 성취하는 데 큰 영향을 끼친다는 것은 당연한 이야기다. 그렇다면 관건은 어떤 목표를 세우는가이다. 이를 테면 사람에게는 각자 자신을 자극하기 위한 방안들이 있다. 마음에 큰 양분으로 작용하는 그 동기를 최대한 활용하는 것이, 일상이라는 긴 레이스를 달려 나가는 데 굉장히 중요한 영향을 끼친다.

나에게 있어 목표란 대개 과정 그 자체였다. 페

이스 조절이 내 삶의 목표였던 적이 많았던 것 같다. 1등, 2등, 3등 같은 결과치의 순위 경쟁보다 멈추지 않고 달려 나가는 힘, 바로 그것을 내 것으로 만들고자 했다. 최대한 간결할수록 에너지의 낭비도 덜한 듯했다. 너무 복잡하고 거창한 의미보다는 단순하고 솔직한 한마디를 지켜내고자 했다.

하지만 그건 얼마나 애매모호한 말인가. '이 좋은 기분을 잘 유지하는 것이 목표입니다.'와 같은 말은 사실 무언가를 증명한다거나 성과를 내는 데 효과적이지 않을 수도 있다. 그래도 어쩌겠는가. 돌아보면 최고가 되고 싶다거나 누구보다 더 잘하고 싶다고 생각했던 적은 별로 없었다.

어찌 됐든 어떤 일이든 무언가를 한다는 것 자체는 어렵고 지독한 일이다. 하지만 그 고독을 나름대로 잘 즐겨보고자 하는 것이 내 목표였다. 나는 돈보다 용기를 알뜰하게 쓰는 사람이고 싶었다. 무엇이든 호기롭게 도전하고 싶지는 않고 내가 잘할 수 있는 것, 삶에 보탬이 되는 것, 행복한 일을 하고 싶었다.

역시나 쉬운 일은 아니다. 과정 그 자체를 음미한다는 것은 때로 지독한 인내의 굴레에 속하기도 한다. 참고 참다 보면, 초심도 흐려지고 삶도 퍽퍽해지기 마련이다. '삶은 피곤하고 어려운 것이구나.' 그러한 깨달음을 얻고 할 수 있는 것이라고는 또 인내하는 것이거나 포기하는 것이라는 이분법에 사로잡히기도 한다.

어려워도 때로는 편하게 돌려 생각하는 것이 나을 때도 있었다. 포기하는 게 아니라 잠깐 덮어두는 거라고. 조금 더 참으면 좋은 날이 올 거라고. 여유를 가진 생각들이 매번 그처럼 보드라운 결과를 안겨준 것은 아니나, 어쨌든 스스로에게 건넨 그 상투적인 위안들도 나름대로 도움이 되었던 것은 사실이다.

내 목표치 설정이 잘못되었던 걸까? 질문을 던지며 고심해보기도 한다. 그리고 무언가를 아주 오랫동안 지속해 온 사람들을 마주하면 멍하니 관찰

하는 습관이 생겼다. 그 행동 속에 어떤 즐거움이 있을지 바라보면, 대개는 잘 모르겠으나 왠지 모르게 마음이 차분해져서는 다시 하루를 살아갈 한 줌의 용기가 내 안에 생겼다. 인내하다 보니 또한 알게 된 것은 무엇이든 그 활동 속에는 '보람'이란 것이 있다는 사실이었다.

힘들어도 보람찬 느낌이 들면 다 괜찮아졌다. 나는 그다음의 목표를 세웠다. 현상을 유지하고 견디는 삶 속에서 조금씩 보람을 발견해내고 싶다는 목표를 말이다. 현실의 어려움이 자꾸만 내 목표에 관여하려 할 때마다, 보람찬 느낌을 떠올린다. 애초에 운명의 큰 가닥을 바꿀 수 없다면 적어도 내 주변만큼은 잘 정돈하고 다져가고 있는 것으로 만족할 줄 아는 보람 말이다.

나는 무언가 내 능력 밖의 놀라운 것을 초월적으로 해낼 자신은 없다. 그런 거대한 꿈을 지니고 있지도 않다. 다만 생산적이지 않고 지극히 나에게 국한된 목표 설정 방식에 있어서 겸허해질 줄 알아야 한다고 또 한 번 나를 다독인다. 최선의 선택지는 아닐지라도 비록 최선이 아닌 결과들도 존중하고 이해할 줄 아는 사람으로 나 자신에게 기억되고 싶다.

조용한 사직

창밖으로 눈이 온다. 세상이 헛돈다. 아직 동이 트지 않은 시각 시골길의 힘찬 침묵처럼 묘한 감정들이 내 안을 두드린다. 조용한 사직이란 단어는 얼마나 서늘한가. 동굴처럼 깊고 습윤한 기운을 지닌 채로 세상을 살아가는 사람들도 있겠지. 그만둘 다짐을 하고서도 다짐만 젊어지고 사는 연유는 참 기이하다.

하던 일을 멈추는 것은 어렵다. 행동 그 자체가

아니라, 잘 마무리하는 것이 무엇인지 헷갈리기 때문이다. 항상 옳은 선택만 할 수는 없으니, 뒤늦게 후회라는 꼬리표가 내 걸음 뒤로 주렁주렁 늘어 갈까 봐 두렵기도 하다.

현대인은 어쩔 수 없이 자신이 하는 일이 어느 정도 자신의 삶이 되고 만다. 삶이란 그 숙명을 어쩌면 어떻게든 피해보려는 노력과 어떻게든 인정해보려는 인내가 내면에서 치열하게 다투는 일에 지나지 않을지도 모르겠다.

돈을 번다는 기쁨에 대하여 처음 알게 된 것은 이십대 중반이었다. 일을 수행한 대가로 월급을 받는다는 것은 자부심 있는 일이었다. 자신을 이 사회에서 제법 의미 있는 존재라고 느낄 수 있기 때문에 얻을 수 있는 기쁨이었다. 그러나 지금은 어떤가. 수년간 쌓아올린 스스로의 가치에 대하여 나는 조금 혼란스럽다. 다시금 나는 벽에 부딪힌다. 어떤 문제가 일어난 것이 아니라, 더 이상 자신의 하루에 대한 자부심을 느낄 근거를 찾기 어렵기 때문이란 생각마저 든다.

나는 그때 조용히 사직서를 제출했다. 다시 시작하는 것보다 멈추는 것이 어렵다고 느낄 때, 인간은 스스로의 초라함을 어쩔 수 없다는 핑계로 이해하기 시작한다. 그러므로 나는 자신을 조금 더 면밀히 바라보는 쪽을 택한 것이다. 이것이 옳은 선택이라고 훗날 나 자신에게 인정받고 싶은 생각은 없다. 때로 사람은 어리석은 일도 굳건한 신념으로 실천하곤 하니까. 논리가 희박해도 다 스스로에게 부끄럼 없는 삶을 살기 위해서라고 말한다면 그리 놀라울 만한 일도 아니다.

상처와 연약함을 무기로 남용하지 않는 건강한 삶을 살아내고 싶다. 진정 나는 보란 듯이 강했다고 말하고 싶다. 비록 불완전하고 어리숙했으나 그럼에도 스스로에 대한 책임을 다했다고 인간의 굴레에서 사회와 나, 타인과 나, 자신과 자신에 대하여 존중했다고 말할 수 있는 어른이 되고 싶은 것이다. 내 강함은 자신과 끝끝내 대화하고자 노력했

단 담대함에 있으리라. 나는 그 안에서 자유롭고 싶다.

이토록 마음 안에 두고두고 숨겨둔 단어들을 꺼내어 가지런히 놓아둘 때 나는 아주 오랜만에 가뿐한 기분이 들었다.

시제

때로, 아니 자주 삶의 시제를 착각하고 살아왔다. 오늘을 살아야 할 때 어제를 돌아보면서 시간을 허비했고 조금 더 멀리 여유를 가지면 좋았을 때에는 눈앞의 지금을 살아내기에 급급했다.

나는 시간 약속에 민감한 사람이나 자신의 꿈 앞에서는 자주 늦었다. 하지만 뭐 어떤가. 지나고 보니 그랬다는 것이다. 그 시간들은 다 지나갔고 최고의 선택지들은 아니었겠으나 썩 나쁘지 않았던 것 같기도 하다. 혼자만의 조용한 산책 같은 지극히 사적인 울음도 많이 떠오르지만 그 순간에 몰입하여 외부의 것으로는 충족시킬 수 없는 나 자신의 깊은 떨림을 느껴보기도 했다.

역시나 중요한 것은 내가 그것을 앞으로 어떻게 기억할 것인가 하는 점이다. 일찍 도착하면 도리어 제때 알아차릴 수 없는 세계도 있다. 바로 그러한 역설에서 희망이란 예상 밖의 경우의 수이며 이미 세상에 존재하는 기존의 논리를 전혀 위반한 사건일 수도 있다는 생각이 들었다. 나의 경험상 희망은, 세련된 공산품이 아니라 우연한 발명품 같은 것이다. 진짜 특별함은 그 살아온 나름대로의 철학 속에 있지 않을까.

교감

나는 시간이 일정하게 흐른다고 믿지 않는다. 분명 그것은 중력처럼 어딘가에서 더 빠르거나 느리게 작용한다. 책을 읽고 있을 때의 시간과 열차 도착 시각에 늦지 않기 위해 달리는 시간은 같은가. 물리적으로는 그렇다고 쳐도 마음은 그렇지 않다. 우리는 그렇게 마음으로 전혀 다른 시간의 흐름을 인지하며 살아가는 게 아닐까.

소설과 영화가 즐거운 이유는 시간의 관념을 뛰

어넘어 삶을 다르게 바라볼 수 있기 때문이기도 하다. 타인의 삶을 엿보는 느낌이 들기도 하고 한 명의 개인으로서는 마주하기 힘든 놀라운 시대적 경험을 전해주기도 한다. 우리는 그렇게 혼자서는 느낄 수 없는 관점의 제약을 예술과 문화를 통해서 극복하고 있는 것이다.

시간의 흐름을 다르게 느낄 수 있다면 전혀 다른 세상을 살아가게 될까. 매일 딱 맞춰 나아가는 걸음에 여유가 생겨 천천히 걷다 보면 그간 눈치채지 못했던 또 다른 풍경, 생각할 수 없었던 생각을 배우게 된다. 그래서 사람은 때로 일찍 나서기도 해야 하며 늦어보기도 해야 하는 것이다.

똑같은 하루만으로는 느낄 수 없는 수많은 것이 세상에는 있다. 고로 같은 24시간이라고 할지라도 전혀 다른 차원으로 살아볼 수도 있는 셈이다. 나는 경험이 지니고 있는 맹점을 잘 알고 있다. 내 경험으로 미루어보았을 때, 인지할 수 있는 것에는 한계가 있기 때문에 언제나 우리는 타자의 경험과 나의 경험에 공유지를 허락하고 발굴하는 자세를 취해야 한다. 내가 이렇게 느끼기 때문에 당신도 그렇게 느낄 거라는 생각은 일차원적인 공감이다. 더 나아가 전혀 다른 생각을 품고 있어도 이성과 감정이 충분히 교감할 수 있다면 공통점이 아닌 다른 방향성으로도 서로를 이해하게 되는 경우가 있다.

일련의 사건들을 모아 이렇게도 바라보고 저렇게도 느껴보아야 한다. 그러기 위해서 때로는 늦고 또 이르기도 한 것이 삶이지. 어느새 한 해도 거의 저물어 간다. 작년 이맘때와는 또 다른 시간의 흐름을 살았다. 그렇게 어른이 되어 간다. 누군가에게 멋진 조언, 달콤한 위로를 전해줄 수 있는 사람이 아니라, 이런 삶도 있다고 이런 방식도 있다고 은근히 전해줄 수 있는 조용한 인터뷰 같은 시간이었다.

누군가 삼류라고 손가락질을 해도 주눅들 이유가 없다. 오늘의 삶은 어쩌면 지하철 환승 구간 같은 것이다. 오고 가며 각자의 삶을 스쳐 지나고 때 묻은 계단들처럼 모두가 다 설명하기도 힘든 사정을 안고 나아간다. 그러한 사람 한 명 한 명에게는 다 각자의 시간의 흐름과 관점이 있다. 부딪히는 것이라 우리는 스쳐 지나는 것이다. 서로는 그저 시간을 나의 것으로 간직하고자 조용히 상영되는 한 장면, 한 장면들일 뿐이다.

모자라다

모자라다는 말은 어느 기준에 미치지 못하는 것을 뜻한다. 하지만 그것이 잘못된 걸까. 살다 보니 내가 모자라기 때문에 주눅 들거나 부끄러움을 느꼈던 순간이 여러 번 있었다. 시민으로서 나는 종종 모자란 사람이고, 가족의 구성원으로서 나는 대개 좀 충분하지 않은 사람이고, 작가로 나는 매우 부족한 사람이다.

어떤 기대 혹은 정도에 미치지 못하는 사람은 어

딘가 잘못된 걸까. 능력이 부족한 것이 손가락질받거나 부끄러움을 느껴야 하는 건 아니라는 생각이 든다. 이건 어쩌면 내 모자람에 대한 변명이겠지만, 살다 보니 타인의 어떤 기준에 부응하는 것보다 내 모자람을 인정하는 게 훨씬 더 건강한 일이라는 걸 알았다.

때로 나는 스스로에게 던진 질문 속으로 더 깊게 들어가본다. 사람들이 내게 기대하는 것은 무엇일까, 그 질문에 답하기 이전에 '사람들'이라는 건 누구를 지칭하는 걸까? 내게 소중한 사람이라고 가정한다면 사실 그들은 내게 무리한 기대를 지우지 않는다는 걸 깨닫게 된다. 사실 따지고 보면 보다 더 넓은 범위의 사람들도 마찬가지다. 내게 그리 큰 기대를 하지 않는다. 사람들이 나에게 걸작을 쓰라고 강요하지도 않고 회사에서 나의 성과에 대해 부푼 환상을 가지고 있지도 않는 것 같다.

어떤 '기대'에 부응하기를 원하는 나의 조바심 혹은 압박감은 그저 내가 만들어낸 신기루 같은 건 아닌가. 스스로 더 성장하기를 원하기 때문에 누군가의 기대를 충족시켜야 한다는 목표를 자신에게 던지고 있는 것인지도 모른다.

사실 자기계발을 하고 성장하고 해서 자신이 모자라지 않는다는 건 아니다. 기대에 대한 부응과 모자람은 빛과 어둠처럼 늘 같이 머물러 있다고 생각하면 조금 마음이 편해진다. 아무튼 모자란 것은 모자란 거고 나는 좀 덜떨어지고 모자라도 마음 편하게 살고 싶은 바람이 있다.

그 얼마나 큰 꿈인가. 노력은 해보겠지만 사람들은 다 어딘가 답답하고 비능률적인 부분 하나씩은 있으니 도덕적인 해이가 아닌 이상 능력의 부족함 자체가 죄송할 일은 아니라는 생각도 든다.

불안

"부질없다고 느껴질 때는 어떻게 해야 할까요?"

그 물음 앞에서 곧바로 대답할 자신은 없어서 한참 고민을 하다 글로 대신하여 답장을 보냈습니다.

지난 계절들을 돌아보세요. 꽃들도 이미 다 저물었습니다. 지르밟고 지나간 자리에는 또 쌓여 가는 꽃들이 애처롭게 느껴지기도 합니다. 그 많은 푸르름도 앙상한 가지로 남아 있던 때도 있더군요. 비

바람이 세차게 몰아치는 날에는 쉬이 꽃들에게 관심도 쏟지 못하였습니다. 아무리 아름답게 피어도 각자 제 길을 걷기에 바빴던지도 모르겠습니다.

하지만 그 꽃들을 보며 쉬이 불쌍하다고 생각해서는 안 되겠지요. 제힘으로 뿌리에서부터 차근차근 자신을 두텁게 하며 마침내 피어나고 그렇게 저물었던 것입니다. 누구도 그것을 덧없다고 단정 지을 수는 없을 것입니다. 자신의 꽃을 피워내는 과정, 그것을 타인의 기준으로 읽어내는 것은 억지스러운 일이니까요.

우리가 머물고 있는 이 시기도 마찬가지란 생각이 듭니다. 좋은 날, 젊은 청춘과 같은 이야기도 언젠가 지난 꽃들처럼 저물어버릴지 모르지요. 하지만 그것이 올바르지 않은 것일까요. 피고 지는 일련의 사건들은 안타까운 일일 뿐인가요. 그러나 놀랍게도 꽃들이 여전히 바람에 흩날리고 자신의 색을 뽐내고 있습니다. 저 비에 젖은 꽃을 보며 너는 곧 의미 없는 낙화에 그치고 말 거라고 손가락질할 수 있을까요.

불안도 한철의 방황도 자신의 꽃을 피워내는 숭고함에 비할 바는 아닙니다. 만끽하십시오. 너무 큰 걱정이 자신을 움츠리게 만들 때면 내 안의 봄이란 어떤 의미인지 다시 생각에 잠겨보는 것도 좋을 일입니다. 우리는 그렇게 드문드문 씨앗의 시간을 떠올려야 하겠지요.

기쁜 소식이 있을 때면 괜히 마음이 불안해지곤 합니다. 그럴 때 아주 드넓은 바다를 바라보고 있으면 마음이 조금 진정되기도 하던데, 아마도 그건 흘러가는 파도의 모습이 내가 살던 시간과 퍽 닮은 구석이 있다고 생각이 들어서일까요.

좋은 일이 있고, 또 슬픈 일도 있습니다. 요즘 잘 지내느냐는 안부에 나는 잠깐 고민하다 그럭저럭 지낸다고 화답하지요. 어쩌면 행복의 비결이란 삶의 기쁜 순간들을 더 자주 많이 만들어내는 데 급급한 것은 아닐 것입니다. 그것은 어찌됐든 우리 삶의 커다란 중심이 좋은 방향으로 흘러갈 것이라고 마음가짐을 곱게 다듬어 가는 일에 달려 있다고 믿습니다.

별안간 마주한 거대한 슬픔 앞에서도 이 삶을 새롭게 가꿀 희망을 발견해내듯이, 조그마한 가능성이 매순간 내 곁에 있음을 기억했으면 합니다. 유유자적 자기 인생의 높고 낮음을 음미하면서 웃다가 슬픈 표정을 짓기도 하다 보면 밋밋하고 보잘것없어 보이기까지 했던 잔잔함에 대하여 진실로 깨우치는 때도 있겠지요.

순서가 조금 다르고 방법이 조금 엇갈려도 큰 줄기에서 비로소 내 삶의 영광을 만나게 될 것입니다. 그 형상들 속에서 천천히 나의 기특함도 곧잘 헤아릴 수 있는 어른이 되어야겠지요. 때로는 같은 문장이라도 구두점 하나 찍어놓은 것으로 그 느낌이 달라지는 표현이 있답니다. 살아가는 시간도 그 호흡을 적절히 섞어놓으면 제법 근사한 순간으로 다가올지도 모르지요. 우리는 대체로 매순간이 이토록 소중하다는 사실을 잘 인지하지 못한 채로 살아갑니다. 그러나 그 안일함 속에 삶의 경이로움이 있는 것 같아요. 우리는 자주 망각하기에 소중한 존재입니다. 이 두서없는 이야기가, 부디 잠깐 걸음을 멈춰, 나와 주변을 돌아보는 환기와 산책이 되길 희망해봅니다.

CHAPTER 3

외로움을 치유하는 시간

시간이 필요해

이제 정말 어른이 되었다는 생각이 들 때가 있다. 그 생각은 현실적으로 내가 일을 하지 않고서는 손 벌릴 구석이 없을 때 찾아온다. 때로 궁핍이란 우리를 어떻게든 성장시킨다. 나는 큰 꿈은 없고 그냥저냥 행복하게 살고 싶은 사람이었으나, 돌이켜 생각해보면 그것만큼 거창한 꿈이 또 있을까 싶어 탄식할 때가 있다. 그 평범함을 지켜내는 것이 가장 어렵다.

처음 대학교에 왔을 때 학교 앞에는 방이 딱 하나 남아 있었는데, 월세 17만 원의 반지하 방이었다. 나는 그때 무슨 영문인지도 모른 채로 주변보다 싼 시세에 그 방을 계약했다. 너무 습하고 추워서 한 학기만 살고 기숙사로 들어갔다.

이후 졸업할 때쯤 그 건물은 재건축이 되어 내가 머물렀던 방은 아예 사라졌는데, 그때 학교 커뮤니티를 통해 알게 되었다. 예전에 내가 살던 방에서 누군가 생을 마감했다는 것을. 기분이 조금 이상했다. 무섭고 소름 돋는 기분이라기보다는 '너무 많이 외롭진 않았어야 할 텐데.' 하고 한숨을 띄워볼 뿐이다. 어쩌면 어른이 되는 것이 낯설고 두려웠을까. 그날부터 종종 죽음에 대해 떠올리곤 했다.

졸업을 한 이후에는 독산동 원룸에서 지냈다. 처음엔 각종 공장들이 즐비한 곳 사이에 있는 건물이었지만 몇 년을 살고 나니 주변이 다 오피스텔과 주거지로 바뀌어 있었다. 그 동네에 살면서 정말로 어른이 되어야 한다는 것을 실감했다.

관리비를 내고, 생활비를 계산하고, 얼마의 원고를 써야 내가 먹고살 수 있을지 따져보기도 하고, 주민센터에 가서 전입신고를 하거나 물건을 버릴 때 폐기물 신고를 하는 일 등 내가 하지 않으면 아무도 대신 해주지 않는 일들이 매일같이 생긴다는 것을 알고 나니 '어른이란 참 지치고 힘든 존재구나.' 하는 생각이 들기도 했다.

노을이 질 때면 안양천을 걸으면서 하늘을 바라보곤 했는데 그때 심적으로 많은 위안을 받았던 것 같다. 성장통과 어른의 외로움은 다르다는 사실도 그때 알았다. 나를 계발하고 자신을 가꾸어 가며 얻는 통증과 일상의 고단함에서 오는 슬픔은 다르다. 어른의 외로움은 저절로 낫지 않는 듯했다. 치유하지 않으면 삶의 생기를 잃게 된다. 사람을 만나든 취미를 즐기든 혼자 술을 마시든 그 모든 과정이 실은 자신의 슬픔을 이해하고 안아주는 과정인 것이다. 그러지 않으면 길을 잃어버리게 될 거란 걸 우리는 본능적으로 느끼게 된다.

내게 그것은 걷는 일이었다. 무작정 걷는 시간이 늘어 갔다. 돌아보면 많이 외로웠던 모양이다. 그리고 그 무렵에 자신과 약속했던 것들을 모른 척 잊어버렸던 것도 사실이다. 마냥 소년의 꿈을 꾸는 것에 죄책감을 느끼기도 했고 어떤 아픔은 어리광인 것 같아 스스로를 나무랐던 적도 많았다. 나는 시간이 필요했지만 시간이 있어도 그 시간을 어떻게 나를 위해 써야 할지 몰랐던 미숙한 사람이었다.

그곳에서 5년을 살고 용산으로 이사를 떠나는 날이 되었다. 짐을 다 뺀 내 방을 바라보니 참 작았다. 이렇게 작은 방이 서울에는 몇 개나 될까. 우리가 어른이 되기까지 조금 더 시간이 주어진다면 참 좋겠다는 생각을 했다. 그리고 아무도 없는 빈방에 절을 한 번 올렸다. 그냥 그러고 싶었다. 내가 살기 이전에 먼저 머물렀던 이들과 이후 이곳에 머무르게 될 사람들이 모두 천천히 어른이 될 수 있기를 바랐다.

외로움을 미루지 않고, 슬픔을 모른 체하지 않

고, 자신의 자유를 철없는 방종이라 외면하지 않도록 용기를 담아 소원을 빌었다.

무엇이 우리를
외롭게 하는가

처마 밑에 앉아 여름 빗소리에 물음을 담는다. 천천히 고독에 몰입하다 보면 시간이란 흐르는 것이 아니라 마치 내가 도착한 공간이라는 기분이 든다. 때로 너무 어둡고 외로워서 소리마저 멎는 부재의 기척에 갇힐 때가 있지. 공허를 발음하기 위해 한숨을 삼키면 그 안에 무수히 많은 내가 웅크리며 산다.

무엇이 우리를 외롭게 하는가. 그것은 때로 사람

이거나 혹은 물질이다. 무엇이 우리를 외롭게 하는가. 그것은 때로 간절함이며 혹은 머뭇거리는 시간이 된다. 허공을 바라보며 부서지는 물방울들이 기우뚱한다. 나는 어떤 외로움에 머물고 있을까. 내 외로움이란 무엇일까.

무척 기뻐하는 행위보다 건강하게 외로워하며 씩씩하게 슬퍼하는 사람이 행복한 것은 아닐까. 오랜 빗소리에 물으면 조각난 반짝임들만 조용히 스쳐 지난다. 한낮의 오후에도 빗속에 갇힌 존재들이 길 잃은 전파처럼 고독을 헤맨다. 질문에 대한 답이 아닌 질문과 질문으로 이루어진 대화들이 장마처럼 길게 늘어져 가는 시절, 비가 올 때마다 잠깐 하염없이 무언가를 바라보는 습관이 생겼다.

소나기가 쏟아지면 사람들의 걸음이 바삐 움직인다. 또 누군가는 숨을 헐떡이며 달린다. 어떤 이는 우산을 들고 누군가를 기다린다. 멀리 비를 뚫고 달려오는 이를 바라보며 그는 어떤 감정을 느끼고 있을까. 겨우 저렇게나 작은 빗방울이 모이고 모여 사람을 움직이는 것이다. 시간의 흐름이 잠깐 새로 쓰인다. 어쩌면 이 계절은 내게 연약함에 대하여 피력하고 있는 것일까. 연약함을 차곡차곡 잘 쌓아 가는 일이 꼭 필요한 순간에 발현될 용기를 만들어낸다고 그렇게 온몸으로 부서지며 외치고 있었는지도 모르겠다.

고독은 시간을 새로 쓴다. 외로움은 고통을 견디는 것이 아니라, 적절한 곳에 잘 놓아두는 일이기도 하겠지. 바라보기만 하는 일을 마무리하며 나는 앞으로 당당히 걸었다. 그 작은 한 걸음이 모이고 모여 언젠가 내게 반짝이는 빛이 될 거라 다짐해보면서.

정감

새로운 도시에서 살게 된다는 건 새로운 관점을 배울 수 있는 기회와 같다. 서울에서 보낸 십 년이 넘는 시간을 뒤로하고 새롭게 터전을 잡은 도시는 정감 있고 따뜻한 곳이다. 지금 살고 있는 도시의 지하철은 서울에 비교하면 아담해서 다리를 쭉 뻗으면 앞사람의 발끝이 충분히 닿을 것 같다. 동화 속 세상에 와 있는 것 같아서 어쩐지 시간이 느리게 흐르는 듯한 착각마저 든다. 나는 이 도시를 걷다가 동네 벤치에 앉아서 멍하니 구름을 올려다보며 앉아 있는 것을 좋아한다.

처음 이 도시에서 길을 걷다가 깻잎 튀김이란 간판을 발견했다. 그땐 별걸 다 튀겨먹는다고 생각했으나, 알고 보니 튀김을 깻잎에 싸먹는 음식이었다. 조합이 조금 생소했지만 적당히 배부르게 먹을 수 있는 요긴한 안주 거리였다.

며칠 전에는 오돌뼈를 먹으러 갔는데 글쎄 내가 지금껏 알고 있던 음식과는 전혀 다른 음식이 나와서 아이처럼 놀랐다. 다진 오돌뼈를 동그랗게 말아 지글지글 불판에 구워 가며 먹는데 일전에 경험해보지 못한 식감이라 고기를 씹을 때마다 여간 재미가 있는 것이었다.

사람들이 사는 곳에는 그 지역 사람들만이 깊이 공감하는 몇몇 독특한 감각이 있고, 그것을 배워가면서 나 또한 그 문화의 일부가 되어 가는 것 같다. 나는 이 도시의 순박함이 좋다. 어르신들이 쑥스럽게 한 바퀴 돌려 자기 마음을 표현하는 어투도 제법 매력적이다. 조금씩 지도를 그려 간다는 생각으로 동네를 돌아다니고 있으면 하루에도 몇 번씩 새로운 골목이 보인다.

도시가 아름다운 것은 도시를 살아가는 사람들이 있기 때문이다. 일상을 아름답게 가꾸어 간다는 것은 즐거운 여행을 다녀오는 것과는 또 다른 노력과 도전이 필요하다. 단조로운 것들이 모여서 특별함을 이룬다. 매일매일을 쌓아 올려 아름다운 나의 터전을 완성하듯이 말이다. 오늘 걸으며 마주친 무수히 많은 새로움, 제대로 기억하지 못할 우연과도 같은 사건들이 내가 모르는 자리, 내가 인식하지도 못하는 순간에 이 도시의 일부가 되어 낮과 밤으로 반짝인다.

새로운 고향의 하루는 아주 약간씩만 다른 모습으로 저문다. 변화의 정도가 낮은 도시를 살아간다는 것도 참 인상적이다. 침대에 누워 아내의 노곤한 얼굴을 바라보니 썩 마음에 안정이 느껴진다. 역시나 사랑하는 사람이 있는 곳이 내 터전임을 느낀다. 태어난 곳도 고향이지만 내가 오늘 살고 있는 터전 역시도 고향이다.

천진난만한 얼굴로 세상의 침울함에 맞서 예쁜 것을 곱게 마주하는 법, 그것은 내 정서와 맞는 공간에서 나 또한 조화롭게 그 일부가 되어 가는 일. 결국엔 새로움 혹은 안정감이란 건 좋고 싫고의 문제가 아니라 어떻게 그것을 느끼는가에 달린 것이다. 주변과의 관계를 맺는 일이 현상 그 자체만큼이나 중요하다. 낯선 것에 대한 두려움이 느껴질 때면 내가 가진 편견과 방어기제가 기존의 양식에 너무 적대적이진 않은지 스스로를 돌아보기도 해야 한다.

시간이 흐르면 자연히 깎이고 마모되어 표면적으로는 익숙해질지 모르겠으나 참된 적응이라는 건 현상, 그 이면의 뜻을 인지하고 서로가 걸어온 시간을 존중하는 것에서부터 비롯되리라.

평범한 도심에도 늘 새로운 면이 있듯 사랑하는 이에게도 문득 보이지 않던 모습이 드러날 때가 있다. 그러나 그 모든 것 역시 우리가 살아가는 오늘이니, 새로움도 어제처럼 공평하게 대우해주어야 하겠다.

소규모 행복

요즘은 무슨 연유에서인지 거대한 것, 화려한 것에는 별다른 감흥이 안 든다. 그러나 대자연의 풍광 앞에서는 번번이 압도당한다. 그 풍경 속에는 소규모의 주체가 면밀히 살아 숨쉬기 위해 가득 차 있는 일상이 있다. 그러한 움직임으로 자연히 흐르는 마음이 바로 감탄이 아닐까. 아주 작은 씨앗들이 모여 비로소 다부진 규모를 만들어내었을 때, 진정 커다란 감동이 느껴진다.

바다는 아주 깊다고 생각하지만 그 규모의 아래 무엇도 없다고 생각하면 나는 해마다 바다를 보기 위해 먼 길을 걷지 않았으리라. 비록 내가 다 알지 못한다고 해도 무수히 많은 아름다움과 애잔함이 그 속에는 흐르고 있다. 그것이 한편으로 나의 삶과 전혀 무관한 것이라고 해도 가치는 변하지 않는다.

소규모의 가치, 소규모의 교양, 소규모의 시각, 소규모의 관점, 소규모의 시와 사랑. 그것들이 바다처럼 깊은 심연을 이룰 때, 깊이를 알 수 없는 나였음에도 분명 그 안에 소규모의 행복이 있음을 믿는다. 세밀한 조각들에서부터 시작된 균형의 산물이 바로 든든한 일상이다.

사람은 왜 살아가는가. 이 질문에 대한 쓸모없는 대답이라도 이끌어내기 위해서는 끝도 없는 시도가 있어야만 한다. 고로 왜 살아가는지 알기 위해선 일단 살아보는 수밖에는 없는 것이다.

한정된 시간, 한정된 재화, 한정된 만남 안에서 내가 할 수 있는 것은 작은 말, 끄덕이는 고개, 나지막한 사색과 같은 것. 그 작은 행위들은 어떤 모양으로 누군가에게 새겨졌을까. 나는 도무지 실감이 나지 않는다.

무언가 실감이 나지 않을 때면 나는 걷는다. 오늘은 그래서 한참 동안이나 걸었다. 알 수 없는 이들이 벽과 의자에 새겨둔 글자들을 보다가 몇몇 단어를 조약돌처럼 호주머니에 담아 왔다. 오늘밤도 천장을 도화지 삼아 물수제비를 하듯 단어들을 던지고 바라볼 것이다. 그 중심에서 생성되는 파문을 느끼며 잠으로 미끄러져 갈 생각에 조금 들뜨기도 한다.

작은 것들이 모여 어느새 하나의 정체성이 되는 것. 그 과정이야말로 거대함이다. 물리적인 크기나 사회적인 지표와는 무관하게 개인의 세밀한 사생활 속에 인생의 진정한 즐거움이 있는 셈이다. 부풀어 오른 꿈, 어색한 표정, 알 수 없는 들뜸과 수없이 많은 좌절들. 두드림과 두드림, 계속된 시도로 만들어 가는 나이테 같은 추억의 선율. 촘촘히 쌓아 가는 작은 조각들이 나는 기쁘다.

모든 나의 경험은 작고 작아서 자세히 들여다보아야 한다. 그만큼이나 작은 것에 삶의 기품과 의미가 있다.

눈

부모님이 피자집을 하셔서 좋았다. 맛있는 피자를 날마다 먹을 수가 있었으니까. 하지만 겨울이 오면 부모님은 눈이 올 때마다 한숨을 푹푹 내쉬곤 하셨다. 나는 내리는 눈이 마냥 좋은데, 왜 엄마, 아빠의 얼굴은 어두운 걸까. 이렇게 예쁜 것을 보면서 어떻게 슬픈 표정을 지을 수가 있지? 어린 시절의 내 마음이 꼭 그랬다.

고등학생이 되고 나서는 일손이 모자라는 날이

면 부모님을 도와 직접 오토바이를 타고 배달을 했다. 그날은 오랜만에 찾아온 화이트 크리스마스였다. 피자를 배달해서 누군가의 집으로 가면, 거기엔 그 작은 온기와 맛있는 향을 기다리는 사람들이 있었다.

엘리베이터 앞에서 지폐를 양손에 꼭 쥐고서 '감사합니다.' 하며 꾸벅 고개를 숙이는 귀여운 아이와 인사를 하고 돌아오는 길, 좌회전 신호를 따라 주행 중에 그만 오토바이가 눈길에 미끄러지고 말았다. 늦은 시각 한산한 도로 위에 쓰러진 오토바이 바퀴는 허공을 맴돌았다. 나는 그걸 일으켜 세우면서 옛날에 보았던 부모님의 한숨이 떠올라 눈물이 핑 돌았다.

누군가에겐 예쁜 것이 누군가에겐 이렇게나 험난한 역경일 수도 있다는 걸, 누군가에겐 동심에 젖는 풍경이 또 다른 이에겐 서운함과 치열한 삶의 현장일 수도 있다는 걸 그때 몸소 느꼈다. 절뚝이며 돌아온 나를 어머니가 안아줄 때, 괜찮다고 아무렇지 않은 척 내다본 창밖으로는 여전히 우리 마음도 모르는 눈이 펑펑 내리고 있었다.

나는 함박눈이 너무 얄미웠다. 오순도순 가족의 행복한 일상을 지켜내기 위해서 어머니, 아버지는 얼마나 많은 세상의 아름다운 장면을 놓쳤을까. 얼마나 억척스러워야 했을까.

어느덧 어른이 되어 나는 다시 눈을 바라보고 있다. 눈사람을 만들고 펑펑 내리는 눈을 보며 행복해하는 만큼, 그 시간을 마음 편히 즐기지 못하는 이들과 이 세계를 함께 살아가고 있다는 사실 또한 가슴에 아로새긴다. 조용히 쌓였다가 뿌옇게 번져가는 마음들, 조금씩 이 삶에 스며들며 따뜻한 양분이 되기를.

눈이 내립니다. 감사합니다. 눈이 내렸습니다. 덕분에 오늘도 사랑을 배웁니다.

이제는
무엇을

동네 빵집으로 가다가 이제 어떻게 살아야 할지를 고민했다. 중요한 질문은 이따금 뜬금없는 일상에 균열을 만든다. 나는 가끔 스스로에게 묻는다. 이제 무엇을 해야 하는지. 어떻게든 순간을 즐기고 나름대로 열정을 지니며 살아온 것 같은데, 이제 무엇을, 왜 해야 하지. 이러한 질문이 문득 나를 스치곤 한다. 정답은 모르겠으나 다만 이 물음을 불편한 것으로 생각하지는 말아야겠다고 생각했다. 일이 잘 풀릴 때나 혹은 힘겨울 때에도 그 순간을 제어할 수 있는 브레이크 같은 것이 있으면 좋겠다.

어떤 물음은 그 자체로 이정표가 된다. 규정 속도는 잘 지키고 있는지. 타이어 공기압은 알맞게 채워져 있는지. 위험에 대비하여 필수적인 운전 보험과 블랙박스 같은 것들은 갖추어져 있는지. 위험하게 누군가를 추월하며 앞으로 나아가고 있는 것은 아닌지. 마치 교통 법규처럼 오늘 하루에도 적절히 지키고 제어해야 하는 사안들이 즐비한 것이다.

고로 '이제 무엇을 해야 하지?'라는 생각이 들면 일단 지금 내 상태를 체크해본다. 내게 필요한 것, 부족한 것, 현재 불편하다고 느끼는 것 그리고 주변도 돌아보며 거기 당신 깜빡이 좀 켜고 들어오라고 손짓도 좀 하는 거다.

빵집은 걸어서 도보로 10분 거리에 있다. 그곳을 가는 와중에도 무엇을 어떻게 살아야 하냐고 스스로에게 질문이 생기는 것이 삶이다. 만족이란 건 또 어떤 걸까. 무언가에 만족하기 위해선 어떤 것이 불편하고 걱정되는지와 같은 부수적인 사안들도 필요하다. 충족되기 위해서는 허전함을 알아야 한다는 뜻이기도 하다.

결국 만족이란 내 삶을 잠깐 멈추고 돌아보게 하는 멈춤의 질문지들에게 큰 공로가 있다. 쏜살같이 행복과 실망이 쏟아지는 나날 속에도 크게 낙담하지 않을 수 있었다. 그것은 앞으로도 먼 길을 가야 할 나에게 가장 기본적인 것의 중요성을 일깨워주는 의구심 덕분이었다. 철저히 의심하는 것이 아니라 뜬금없이 묻곤 하는 것.

이제 무엇을 해야 할까. 계속해서 쌓여 가는 질문들이 내일의 나를 마주하고 매일 아침 눈을 뜨는 나는 자신도 모르게 대답과 동행하는 길을 살아가길. 질문 그 자체에 내 삶에 대한 바람이 있다.

그런데 빵집은 문을 닫았네. 이제 나는 어디로 가야 하지.

새벽

새벽에 문득 깼는데 다시 잠이 오지 않았다. 천천히 움직여 유키 구라모토의 새벽을 들었다. 한국의 시골길 새벽을 여는 조용한 연주회였다. 음악 따라 나 또한 가지런해진다.

어느 틈에 내 눈앞에는 여름 새벽이 눈앞에 펼쳐진다. 흔들리는 풀잎들의 움직임을 보며 아, 그날의 바람은 저런 발자국을 지녔구나 하며 눈인사한다. 초록이 이슬처럼 반짝이며 기지개를 켠다. 치열하게 살아가다 돌아보니 너무 많은 것이 멀어져 버린 날, 허망하게 일어난 새벽에 다시 한번 마음을 다잡고 새 하루를 맞이해보네.

무언가가 흔들리는 소리들, 그것들이 진정 이리도 아름다웠나. 아내의 새벽 안에서 여전히 꿈을 꾸고 있는 아이에게 속삭인다.

아직은 해가 뜨지 않았구나. 하지만 들리니? 이 소리들 말이야. 우리는 이것을 음악이라고 부른단다. 자연의 소리를 닮았고 우리에게 어떤 기억을 불러일으키는 묘한 파동이지. 너의 태동이 꼭 그렇구나. 새벽의 조용한 연주회 같구나. 우리에게 너는 새벽의 음악이구나. 곧 해가 차오름을 의미하는 맑은 소식이구나.

산책

걸음은 계절의 단상, 걷는 일은 허공에 대한 몇 가지 해석으로 풍경을 평론하는 일. 지극한 사랑의 이야기란 퇴근 후 평범하게 걷는 일과 크게 다르지 않다. 누군가와 함께 걸으며 우리는 잠식되어 있던 나를 다시 깨운다. 내 안에 그저 철 지난 이야기로 남아 있던 추억들을 다시 꺼내 읽는다. 서가에 오래 보존된 책들 중에 그 옛날 참 많이도 펼쳐보았던 단락을 다시 읽고 느끼고 나눈다.

함께하는 산책은 물리적으로는 그저 일정한 속도의 이동일 뿐이나, 그들의 우주는 서로를 거대한 중력으로 끌어당긴다. 자아란 꼭 알맞은 누군가와 함께 있을 때 깨닫게 되기도 한다. 그날로부터 관계적인 자아의 형성은 중력의 발견처럼 위대한 인간의 역사가 되는 것이다.

산책은 철학의 공식이며 자연현상의 법칙을 걸음으로 읽어내는 행위이다. 마찬가지로 시는 관념과 사색의 방정식이다. 그것이 작용하는 원리는 산책과 크게 다르지 않다. 산책은 시의 법칙과 매우 유사하다. 따라서 함께 걷는 일은 둘이서 세상을 비유하거나 시적으로 허용하는 일이다.

우리는 함께 걷던 길처럼 나이를 먹어 간다. 가사는 잘 몰라도 문득 흥얼거리던 그 음악처럼 몇 소절의 단어에 기분을 담아 나는 너의 평행이 된다.

공원

파리 어느 카페에서 일단 에스프레소 한 잔을 시켜두고 메뉴판을 본다. 얼음은 한정 메뉴 추가 요금, 더블 샷도 추가요금, 원두는 선택 가능 그리고 마지막에 사랑은 가격 없음으로 무제한.

점원에게 물 한 잔을 더 부탁하며 마지막 메뉴를 가리키니 그는 내게 지도를 펼쳐 공원 가는 법을 알려줬다. 그곳에 가면 사랑이 기다리고 있는가 물으니 커피 향 모락모락 피어나는 분위기 속에서 미소가 답한다.

생각나는 사람이 있다면 함께 공원을 산책하세요.
닿을 수 없다면 공원에 앉아 전화를 걸어보세요.
망설이고 있다면 그곳에서 편지를 쓰세요.

여행과 소비

과거에는 악착같이 아끼며 여행을 했다. 일부러 값싼 교통수단을 이용하고 더 저렴한 방을 찾아 헤맸다. 그것이 좋은 여행이라고 생각했다. 현지인들은 잘 이용하지 않는데 관광객들은 붐비는 시설이나 상품 같은 것은 되도록 피했다. 그것이 더 나은 여행이라고 생각했다.

하지만 그것은 정말 좋은 여행이었을까. 관광 상품이란 그저 그런 상술에 불과한 걸까. 여행을 하면서 여행 이후의 재정 상태에 대해 걱정하며 현재를 제대로 즐기지 못했던 건 아닐까.

그런 의문이 들어 한번은 원하는 대로 최대한 즐기는 여행을 계획했다. 탄성을 자아내며 여기엔 누가 오는 걸까 생각했던 프랑스 호텔에 직접 묵어보고 룸서비스도 경험했다. 호텔에서 샤워를 마치고 나오니 내 눈 바로 앞에서 에펠탑이 반짝이고 있었다. 그 광경이 얼마나 황홀했던지.

와인은 늘 마트에서 샀지만 레스토랑에 방문하여 전문가가 직접 추천한 화이트 와인을 주문하고 천천히 저녁을 즐겼다. 이후에도 저렴한 버스를 타고 먼 길을 돌아갈 수도 있었지만 최단 거리의 깔끔한 기차를 타고 유럽의 다른 도시로 이동했다. 사고 싶은 운동화를 발견해서 고민하지 않고 구매했고 그 신발을 신고 걷다가 다리가 아파서 택시를 타고 귀가했다.

결론적으로 최대한 아끼며 여행할 때와는 또 다른 매력과 만족이 있었다. 풍성했고 기억에 남을 만한 디테일이 가득한 여행이었다. 마땅한 금액을 지불해야만 영위할 수 있는 아주 세심한 배려와 안락함이 있었던 것이다.

모든 것이 좋았다고 말하기엔 아쉬운 부분도 있었지만 분명히 말할 수 있다. 여행은 시간을 아낌없이 소비하는 행위이므로 그 대상이 투자할 만한 가치가 있고 나에게 지불할 능력이 있다면 경험해 보는 쪽이 더 뜻깊은 추억을 선사한다고.

돌아오는 비행기는 조금 더 넓은 좌석으로 변경했다. 다리를 쭉 펴고서 띵 소리와 함께 바뀐 야간 조명의 나른함을 느끼며 스스로에게 물었다. 이전에도 통장 안에는 이 여행을 위한 충분한 돈이 있는데 나는 왜 15유로 파스타가 아니라 2유로짜리 편의점 빵을 사먹었을까. 어쩌면 앞으로의 현실이 막막하고 걱정스러워 내게 주어진 여행의 시간을 너무 모질게 대한 건 아니었을까.

가난한 여행은 나름대로의 소중한 추억으로 내 안에 자리 잡고 있다. 하지만 내가 진정 원하던 건 최대한의 가성비를 추구하는 것이었을까. 오히려 보람 있게 돈을 벌고 기분 좋게 소비하고 싶은 쪽은 아니었을까.

나는 앞으로 언젠가 또 떠날 것이다. 분명 여행자가 되겠지만 시간이든 돈이든 너무 현실적인 것에 쫓겨 여행의 본질을 외면하고 싶지는 않다. 내가 지금까지 해 왔던 관습적인 행동들이 모두 정답은 아님을 기꺼이 인정하는 자세를 여행 속에서 배우고 싶다. 그러기 위해서 다양하게 시도해볼 작정이다.

허리띠를 졸라매보기도 하고 때로는 한 끼 식사에 많은 예산을 투자해보기도 하겠지. 그 모든 시도들은 확실한 무언가를 보증하진 않는다. 확실하지 않다는 것, 즉 모험이라는 이야기다. 진짜 모험이란 가난과 위험 속에서만 존재하는 것은 아니라는 뜻이다.

현대의 모험이란 가치 있는 돈을 지불하며 기대에 찬 마음으로 문화를 누리는 것. 온전한 여행은 영원하지 않은 무언가를 우리의 머리와 가슴속에 오래도록 보관해둔다. 그보다 더 만족스러운 소비가 있으랴.

여름,
공원에 앉아서

햇살이 꾹꾹 도장을 찍고 간 자리를, 꼬마처럼 한 걸음 한 걸음 따라 옮기며 계단을 오르니 어느새 꼭대기 층이다. 높은 줄도 모르고 어느새 바라본 세상은 여름의 소리로 가득했다. 높다란 하늘 아래 그늘을 찾아 오래된 책을 펼치니 별안간 까맣게 그을릴 내 피부처럼 샛노랗게 시간을 덧댄 종이들 속에도 새로운 계절이 찾아오는 듯했다.

고독하기는 해도 딱히 서운하거나 미련에 허덕

이지 않는 시간, 미묘한 울림으로 자신을 두드릴 것을 찾아 오늘도 사색에 잠긴다. 공원에 앉아 있으니 누군가는 전화를 기다리고 또 어떤 이는 음악을 듣고 있다.

세상 어딘가에는 망설임 끝에 편지를 쓰고 있을 당신도 있고, 산책을 하며 가벼운 농담을 주고받는 친구들도 있을 테지. 지구 반대편 늦은 밤엔 마냥 쓰다듬고 싶은 표정으로 다가오는 연인을 바라보는 사람도 있을 것이다. 각자의 평범한 하루들은 자유로이 방황하고 때로 묘하게 선명해지기도 하면서 해를 건너 조금씩 내 삶의 방향으로 뻗어 나가고 있겠지.

제한된 인생에서 사람들은 어떻게든 사랑할 만한 무언가를 찾고 기꺼이 그 사랑으로 울고 웃는다. 진심으로 춤을 추며 기뻐할 일이라는 듯이 오늘을 살아가면 나에 대해 조금 더 깊이 알게 될 수 있을까.

한낮의 여름 파장에 이끌려 둘러보는 세상에는

생기가 맺혀 있다. 이 계절에 속한 모든 것이 살아 있다는 뜻이다. 하나하나씩 두고 보면 아주 그리 특별할 것도 없지만 때로 이런 평범함 속을 물끄러미 들여다보게 된다. 아마 그 생생함을 두고두고 담아 두고 싶은 본능이 아닐까. 새로운 것은 없지만 어쩐지 익숙한 것이 이유 없이 고맙게 느껴지는 날, 언젠가 길을 잃고 바쁘게 출구를 찾던 나에게 선물해 주고 싶은 하루가 바로 이런 모습은 아니었을까.

어느새 이마에는 땀이 맺힌다. 시원한 커피가 마시고 싶다. 허기를 느끼고 별안간 나를 충족시킬 무언가를 찾아야 할 것만 같다. 어떤 거창한 의미를 가지고 좇는 것이 아니라 자연히 느껴지는 사람다운 의욕이 좋다.

울음, 비, 시간

울음을 먹고 빗소리를 들으면서 나를 읽는 일은 얼마나 황홀한가. 창밖으로 금세 밤이 찾아온다. 검은 풍경에 조용히 기도를 올리며 침묵의 지문을 어루만진다. 온전해 보이는 것보다 중요한 건 다정함을 기억하는 것. 부디 어느 누구라도 자기를 방어하는 수단으로써 다정함을 기억하기를, 스스로를 상처 입히지 않는 밤이길.

일생이란 지나치게 주관적인 것이나, 우리는 그

주관을 쓰기 위하여 너무 많은 주변을 읽는 슬픔에 허덕인다. 사랑스러운 것이라고 지칭할 만한 나만의 것을 찾고 그것에 시간을 쏟으며 차츰 자유로워지자. 울음, 비, 시간으로 쌓아 유일한 색이 되면 그때의 나를 투과할 빛은 비로소 망설임 없는 파장이리라.

걸어도 걸어도

여기는 한때 중세의 사람들이 세상의 끝이라 믿었던 대륙의 종착지. 나는 이 자리에 앉아 인생이란 무엇일까 떠올리고 있어. 이 물음을 정면으로 마주하기 위해 그렇게 많은 날을 지나온 거라 믿어.

해가 저물 때까지 멍하니 수평선을 바라보았어. 생각에 잠겼고 내 안에 파도처럼 휘몰아치는 수많은 뜻 모를 무언가가 있음을 느끼고 있었지. 노을이 하늘에 물들 때 미처 안아주지 못했던 감정들이

벅차오르기도 했어. 그 순간 언어는 무의미했고 그저 살아서 이 장면을 바라보고 있다는 감각과 그래서 참 다행이라는 느낌이 스쳐 지나던 것을 느껴.

나는 지금 살아 있고 사랑을 하고 있어. 그것으로도 이 세상이 아름다운 이유는 충분해. 순례자의 길의 마지막 걸음에 당도하여 스스로에게 주어진 것은 긴 침묵과 잔잔한 마음. 그것이 전부였고 여전히 그 고요함이 내 안에 있어.

CHAPTER 4

내 안의 벽을 마주한다는 것

정성스럽게
멈춤

일하는 것이 기쁘다. 그것이 가능한 이유를 곰곰 생각해보니 일에 완전히 지배되지 않았기 때문이란 생각이 든다. 반대로 말하면 균형을 잃은 몰두는 위험하다는 뜻이다. 글을 쓰는 것이 업이 되었을 때 그리고 그것이 나를 완전히 집어삼켰을 때, 나는 몹시도 쓸쓸했던 기억이 있다. 마찬가지로 지금 하고 있는 일에 대해서도 그렇다. 직장에 너무 깊이 빠져 벗어날 수 없게 되었을 때, 내게는 순수

한 갈망이 아니라 그저 쉬고 싶다는 도피 욕구만이 가득하여 쉬이 숨이 차올랐다

몰입과 지배는 다르다. 차이가 기준을 만들고 그 기준을 인지하는 순간 우리는 선택의 순간과 마주하게 된다. 그 차이를 알기까지 참 많은 시도와 좌절이 있었다. 몰입할 때 나는 실패 앞에서도 당당했다. 하나 지배당할 때면 선부른 감정들이 나를 쉽게 갉아먹었다. 그리하여 생각하게 되었다. 몰입의 여부가 일의 기쁨을 결정하는 기준이 된다고. 어쩌면 진정 중요한 건 즐거운 일을 찾는 것이 아니라, 일을 하며 적당히 선을 지킬 줄 아는 자세를 기르는 것이다.

선택이 순간이 오면 우리는 변화를 추구할 근거나 의미를 찾기에 급급해진다. 그러나 진정 몰입하는 기쁨을 알고, 지배당하지 않기 위하여 새로이 도전할 준비가 되어 있다면 결정은 오히려 쉬울 것이다. 때로 우리는 두려움에 사로잡힌다. 당연한 일이다. 실은 우리 삶이 모두 적당한 오역으로 표

현되기 때문이다. 자기 삶의 뜻을 정확히 짚어내는 사람이 있을까. 아무리 예민해도 결국 우리는 현재의 이 느낌이 어떤 결과를 초래할지 모른다.

기분은 옷처럼 입고 계획은 주기적으로 세탁할 것. 공허함이란 텅 빈 것이 아니라 오히려 복잡하게 얽혀버린 것이 아닐까. 얽매여 있는 것들에게 손끝의 유연함으로 자기 자리를 안내해줄 여유가 필요하다. 나는 요즘 지배당하지 않기 위하여 즉 권태의 영역에 빠져들지 않기 위해서, 사랑과 희생을 착란하지 않기 위해서 정성스럽게 하던 일을 멈춘다.

무작정 던져 놓는 것이 아니다. 애정으로 응시하듯 조심스레 내려놓는다. 살포시, 일의 기쁨을 위하여 정성스럽게 멈춘다.

누워 있기

가장 생산적인 활동 누워 있기. 그 정적의 미학은 얼마나 심오한가. 인생의 큰 행복 중 하나는 내가 아닌 타인에게 아쉬운 소리를 하지 않아도 되는 것. 무언가를 더 요구할 필요도 없고 어떤 것을 기꺼이 내어주어야 할 의무도 없다.

엄격한 체계가 요구되지 않는 소박한 개인의 활동. 누워 있지만 구체적인 의식은 행하지 않는 상태, 그 평온함은 아름답다. 마땅한 근거나 이유를 찾아야 할 필요도 없다. 그저 누워 있는 것이고 그 시간 만큼은 외부의 무언가를 의식하지 않아도 된다.

누워 있는 시간, 그것은 현실에 존재하고 있지만 동시에 분명 독자적인 하나의 세계를 구축하고 있다. 괴랄하면서도 지극히 보편적인 상태.

훌륭하게 누워 있는 이가 있을까. 아무렇게나 누워 있어도 좋다. 현상을 해명하지 않아도 된다. 이미지, 기호, 사회적인 통념 그러한 모든 것을 해석하지 않아도 되며 간혹 등장하는 내재적인 상상과 느낌에 몸과 마음을 내맡기며 시간 가는 대로 흘려보내면 된다.

그것은 밤이 찾아오고 잠을 청하는 행동과는 다르다. 이른바 정서적인 휴식기. 지극히 개인적인 내가 되는 시간. 나는 그 심미적인 상태를 사랑한다. 그때 발견하는 나의 모습은 친절하고 건강하다. 마침내 많은 것과 교감할 수 있는 환경을 조성하는 것이다. 무엇에 관한 것이든 가장 원초적인 방법의 해결책은 잠깐 혼자 누워서 호흡하는 것이다. 그 안에서 직접 발견하고 체험한 기분들은 많은 것의 토양이 된다.

혼자 누워서 호흡에만 집중하다 보면 작은 울림들을 발견하게 된다. 배가 고프고, 목이 마르며, 자연히 졸음이 오는 기분이 든다. 심지어는 이 편안함이 지루하게 느껴지기도 한다. 자연스러운 기분들은 얼마나 소중한가. 전혀 애매하지 않다. 느낌 그대로의 것이다.

나는 삶에서 곧잘 누워 있기를 실천한다. 어느 각박한 오후에 누워 있기를 인용하고 싶은 생각마저 든다. 누워 있음의 용법으로 나는 현실의 오해를 견디고 주의를 기울이는 데 할애한 많은 정신을 다시 채운다. 스스로를 사랑하고자 한다면 잠깐 누워 있을 것을 권해보고 싶다. 그것은 시간을 부드럽게 흘러가게끔 만드는 윤활유라고나 할까. 밝은 대낮에 잠깐 누워 있으면 나의 기능들이 되살아남을 느낀다. 하루가 몇 개의 문장으로 구성된 글자라면 긴 어구와 절 사이로 나만의 구두점 하나씩은 찍어두어야 마땅하지 않을까. 쉼표는 꼭 누워 있는 내 모습 같다. 이런, 그만 아무렇게나 누워야겠다.

편지

며칠째 바라보고만 있던 펜을 집어 들었다. 사실 글감이란 건 무수히 많다. 하지만 그 안에서 진정 공을 들여 표현해내고 싶은 것을 발굴해내는 작업은 어렵다. 나는 사람들이 이 책 속의 한 페이지를 아무렇게나 스쳐 지나도록 내버려두고 싶지 않다. 종이 한 장의 무게라고 해봐야 겨우 깃털 하나 혹은 나뭇잎 하나 정도에 비교할 수준이겠으나, 그 물리적인 가벼움을 움켜쥐며 사람들에게 힘껏 날아오르는 상상을, 굳건히 뿌리내리도록 하는 의지를 전해주고 싶은 것이다.

요즘도 가끔씩 나는 편지를 쓴다. 막상 열심히 쓴 편지를 누군가에게 잘 전달하지는 않는다. 결국 내가 전하고 싶은 말이 무엇인지 스스로 깨닫게 되면 왠지 내용을 전하지 않아도 스스로 안심이 되는 탓이다. 어쩌면 세상에는 그렇게나 다양한 형태의 고백이 있겠지.

하고 싶은 말이 있어도 몇 번 더 생각을 한다. 급한 일이 아니라면 곰곰 그 방식에 대해서도 고민해 본다. 그 과정에서 내 생각이 바뀌기도 하고, 상대에 대한 나의 판단이 변하기도 한다. 내용을 빠르게 전달받는 것이 너무도 손쉬운 시대이나 오히려 이와 같은 긴 호흡의 전달 방식이 때론 빛을 바라기도 한다.

결국 든든한 관계를 구축해 가는 비결은 성급하지 않는 태도인 것 같다. 빛의 속도로 달려가 내 마음을 알려달라고 말하면 너무 눈부신 탓에 질끈 그 순간을 회피해버리고 싶은 것이 또 사람의 마음이다. 뜻을 전하는 일은 투명해야 옳다고 믿지만, 투명의 정도나 양식, 두께나 모양도 헤아릴 수 없을 만큼의 다양성이 있다는 것을 잊어서는 안 되겠다.

편지를 쓰고 나면 제법 홀가분한 기분이 든다. 이 마음을 어떻게 표현할 수가 있었는지 좀처럼 간단하게 답을 할 수가 없지만 백지와 마주 앉아 그 공간을 내 솔직한 심정으로 채워 나간다는 건 내게는 의연한 작업이다. 그 노고를 통해서 인지하지 못했던 어지러움도 천천히 제자리를 찾아간다는 걸, 그것이 자연의 이치라는 걸 지긋이 알아 갈 수 있다. 이야기의 마침표를 찍으며 아직 우리가 좀 더 살아보아야 한다고 생각하게 되었다. 이렇다 저렇다 평가하기엔 우리는 너무 성급하달까.

어쩌면 그 말을 하고 싶어서 오늘 글을 쓰게 되었던 것 같다. 우리는 전진해야 한다. 그것은 이차원적인 평면을 지향하는 바가 아니다. 한때는 깊이를, 한때는 시간의 역설을, 한때는 제3의 선택지를 갈구하며 꿈을 꾸듯 현실을 지면 삼아 박차고 오르는 것이 인생의 즐거움이 아니겠는가. 어떤 말이든지 너무 쉬워진 세계를 살아가다 보면 하지 않은 말을 쌓아두는 일 또한 가치 있는 것임을 체감하게 된다.

그러한 기분에 사로잡힐 때, 사유하는 일, 그 쾌락은 얼마나 아찔한지. 답답하게 사는 것 같아도 서두르지 않다 보면 절로 이어져 있는 것이 살아가는 일이기도 하겠지. 사려 깊은 이해심으로 빤히 응시하는 것 또한 나아가는 것이 된다. 백지를 다루듯 쓰다가 지우고 또 고쳐 쓰는 마음으로 편지를 쓴다.

일기

언젠가 썼던 일기를 펼쳐본다.

산다는 것은 수만 가지의 몸짓인 거지. 어쩌면 잘 지낸다는 건 내 마음에 위배되지 않는 몸짓을 행하는 일인 거야. 하지만 그게 어려운 거지. 아주 단순하지만 그걸 지켜내기가 어렵기 때문에 우리는 방황하는 거야. 그래서 나는 어떤 사람이지? 내가 되고 싶은 것과 지금의 나 사이에는 얼마나 큰 간격이 벌어져 있는 걸까. 아니, 나는 무엇이 되고 싶지? 무엇을 위해 이런 고민을 하는 걸까. 그래, 맞아. 내 질문의 절반은 나를 위함이고 내 질문의 나머지 절반은 나를 소중히 생각하는 사람들을 위한 거야. 생각해보면 나는 자유롭고 싶었던 것 같아. 밀어내도 은근히 풍겨 나오는 열등감의 향기를 맡고 있으면 나는 생기를 잃고 어딘가로 숨고 싶어. 나는 그러한 시기, 질투, 혼란 같은 것들로부터 자유로운 당당한 삶을 추구했던 거지. 살다 보면 어쩔 수 없이 사랑했던 것들과 멀어져 갈 수밖에 없는 걸까. 돌아보면 그건 핑계를 댈 것도 없이 내가 스스로의 감정에 솔직하지 못했던 탓이라고 생각해. 어쩌다 내가 어른의 몸을 지니게 됐을까. 나는 아직 연약해. 하지만 힘들다는 말을 하면 돌아오는 건 너만 힘든 게 아니라는 말뿐일까 봐 두렵기도 하지. 그 사실이 못내 서운하면서도 모든 짐이 어쩌면 내가 더 노력하지 않아서는 아닐까 하는 자책이 찾아와서 때때로 깊이 아주 깊이 탄식하는 것도 사실이야.

조금 더 어렸던 나는 무엇이 그리 애달팠을까. 제때 안아주지 못한 지난날의 내게 미안한 마음뿐이다.

비 오는 날 루틴

창문 열어두고 인센스 켜기. 커피 내리고 빗소리 듣기. 황인숙 시인의 《나의 침울한, 소중한 이여》 읽기. 옥상에 올라가서 잠깐 젖었다가 내려오기. 한 방울 한 방울이 다 좋은 소식이라고 생각해보기. 보고 싶은 얼굴 떠올려보기. 에어컨은 제습으로 해놓고 방 청소하기. 아내에게 창밖에 지금 비가 오고 있다고 문자 보내기. 안개처럼 열어지면 동네 한 바퀴 걷기. 나는 지금 마음의 가장 작은 단

위로 쪼개져서 떨어지는 고객들이라고 비에 담아 흘려보내기. 홀연히 정다운 이야기가 지금 막 쓰이고 있다고 젖은 소매를 짜내며 동요 한 소절 부르기.

벽 앞에 서서

아주 인상적인 것을 볼 때면 기쁘다. 그건 마법이나 기적처럼 놀라운 것을 뜻하진 않는다. 이를테면 전혀 예상하지 못했던 말이 깊은 울림을 준다든지, 아주 평범한 말 속에서 전혀 다른 기품이 느껴지는 일을 예로 들 수 있겠다. 오늘은 무라카미 하루키의 인터뷰를 읽다가 우리를 탈출한 말처럼 기뻤다. 그는 인터뷰 속에서 "진정한 리얼리티란 리얼리티를 초월하는 것"이라고 말했다. 나는 묘한 기분과 함께 가만 그 의미를 되새겨보았다.

무릇 작가란 이야기를 쓰는 사람이지만 동시에 벽에 부딪히는 사람이다. 그 벽이란 생각과 마음에 있는 것이다. '나는 그렇게 느끼지 않아.', '나는 그렇게 생각하지 않아.'와 같은 벽 앞에서 본인만의 '시도'를 하는 존재가 작가인 것이다.

때로 그러한 시도는 동시에 일어나기도 한다. 작가와 독자가 협업하여 벽에 어떠한 의지를 투영하는 것이다. 독서를 통해서 우리는 마음의 벽을 부수기도 하고 그 벽에 편지를 남겨놓고 다른 방향으로 시선을 옮길 수도 있다. 벽에 귀를 대고 오랫동안 소리를 들어볼 수도 있고 벽의 골격은 유지한 채로 조그맣게 구멍을 뚫어놓을 수도 있다.

나는 그러한 시도들이야말로 리얼리티라고 감히 정의하고자 한다. 서로간의 완벽한 이해와 공감으로는 완성되지 않는 것이 진정한 리얼리티인 셈이다. 현실은 다르기 때문에 내 생각과 다른 존재가 살아가고 있기 때문에 가치가 있다. 벽은 그 자체로는 아무런 효용이 없다. 그저 물리적으로 존재하는 무수히 많은 개체 중 하나일 뿐이다. 허나 서로가 그 벽 앞에 서서 어떤 작용을 주고받을 때, 우리는 유일무이한 존재가 된다. 작가와 독자도 마찬가지다. 작가와 독자는 인물을 바라보는 관점과 대화, 표현 양식, 이야기의 주제와 심지어는 오늘날 각자의 기분까지 모든 요소를 통해서 자기 안의 벽을 바라보는 관계다.

벽이라는 것은 옳고 그름이 아니라, 그저 살아가기에 만들어지는 것이니 되도록이면 너무 외롭지 않을 만큼만 쌓아올리는 것도 작은 지혜이겠다. 더불어 호락호락 그것을 허물 필요도 없다고 생각한다. 지나치게 이해심을 강요받아서는 안 된다. 그것이 책을 읽는 일이든 살아가든 일이든.

그런 의미에서 진짜 리얼리티가 된다는 것은 세상 사람들이 다 진짜라고 하는 것과는 별개로 나만의 현실을 곧잘 꾸리는 과정이라고 하겠다. 나 아닌 타자를 이해시키고 설득하기란 정말 어려운 일인 것처럼 나도 그리 호락호락 설득당하고 싶지는 않은 것이 솔직한 내 심정이다. 벽을 마주하면 나는 솔직해진다. 우리는 무언가를 가리기 위해서가 아니라, 더 솔직해지기 위해서 벽을 세운다.

우연한 불운

나는 지금 우연한 불운에 대하여 쓰고 있다. 대학 시절부터 글을 쓰고 일상을 공유하던 인스타그램 계정이 해킹당했다. 범인은 연결된 이메일로, 계정을 돌려받고 싶으면 자신과 거래를 해야 한다고 접촉을 해 왔다. 계정이 해킹을 당한 건 처음 있는 일이라 어떻게 대처해야 할지 막막했다. 일단은 해커한테 깊은 내 심경을 담아 한 줄의 욕설을 보냈고 해당 내용을 관리자 측에 문의하였으나 아직은 어떠한 답변도 없는 상태다.

세상과 나를 이어주고 독자와 나를 연결해주는 하나의 창을 잃어버리고 나니 나는 이제 무엇을 해야 하나 하는 생각이 들었다. 할 수 있는 건 그리 많지 않고 다시 자리에 앉아 백지에 글을 쓰고 있다. 어찌 됐든 경험과 사건으로 비롯된 감정을 언어로 표현하는 것이 나의 일이니 이것마저 하나의 글감이 되려나. 작품으로 승화시키기엔 아직 좀 억울하고 화가 난다.

작별 인사도 없이 이별하는 건 원래 아쉬운 일이 아니던가. 몇 년간 내 책을 읽어주었던 사람들이 갑작스레 없어진 내 계정을 보면 무슨 생각을 할까. 사실 가장 씁쓸한 건, 그러거나 말거나 각자 아무 일도 없듯 자기 삶을 살아가는 일인 것 같다. 살다 보니 별일이 다 생기는 것 같다. 이건 뭐 내가 조심한다고 해결되는 이슈도 아니다. 특수문자가 포함된 비밀번호에 이중 인증까지 되어 있는 계정이 해킹당하고 나니 세상의 불행이란 조심한다고 해서 벌어지는 건 아니지 않나 하는 생각마저 들었다.

처음엔 조바심이 났지만 따지고 보면 이건 내 책임이 아니다. 굳이 벌어진 현상으로 인해 스스로에게도 잔혹할 이유는 없겠지. 다시 계정을 찾게 되면 불행에 관한 시를 쓰고 복귀 신고를 해야겠다.

이 불행은 그저 우연이다. 마땅히 나를 변호할 이유조차 없는 불운. 하지만 그 스트레스는 내가 오롯이 짊어지고 간다. 때로 사람들이 살아가는 세상은 잔혹하기도 하지. 황폐해지지 않기 위해서 세상엔 더 좋은 일이 많을 거라고 근거 없는 위로만 한숨처럼 내쉴 뿐이다.

대답할 수 없는 물음에는 음악이 좋습니다

많은 꿈이 있었지요. 이루지 못한 꿈. 낮잠처럼 향이 진한 꿈. 거짓처럼 길고 미련하게 이어진 꿈. 방 안에 홍수가 쏟아지며 호흡을 갈망하는 꿈. 시들지 않는 꿈. 보물처럼 언제나 모셔두고 싶던 일기 속의 그런 꿈.

결혼하기 전날 밤, 침대에 누워 끔뻑끔뻑 그 꿈들에 대해 떠올려보았습니다.

정처 없이 생각들은 흐르고 나는 음악은 잘 모르

지만 초대받아 방문한 오케스트라 관객처럼 멍하니 귀 기울였습니다. 옆에서 박수를 치기에 이때인가 싶어 손뼉도 쳐보고 홀을 가득 메우던 소리가 멈추며 일순간 모든 것이 멎을 때 거울을 보는 심정으로 그 침묵을 꾹 집어삼켜보기도 했습니다.

그것들은 당최 무슨 의미일까요.

나는 들판처럼 자라나는 꿈이 두렵습니다. 벗어날 수 없는 초록이 되어 대지를 이루고 걸음마다 그 중심에 서 있게 될까 봐 겁이 납니다.

그 꿈에서 물음은 메아리가 되어 돌아왔지요.

잘 있었느냐! 그렇게 외치면 잘 있었느냐고 다시 내게 돌아왔지요. 아직도 거기 있었냐!

그렇게 외치니 아직도 거기에 있었냐고 노크처럼 정적을 파고들며 툭 자꾸만 제 소매를 잡아끌던 꿈들이 무성하게 물음으로 완연해집니다.

말없이 오디오 볼륨을 높여두고 방문을 닫곤 합

니다. 대답할 수 없는 물음에는 그저 음악이 좋지요. 그 소리마저 멎을 때 아주 잠깐 나는 진짜 속마음을 꿈처럼 빌려와버릴지도 모르겠습니다.

호머 심슨,
노하라 히로시

가장이 되니 웃으며 보던 만화 주인공들이 대단해 보인다.

호머 심슨, 2층 단독주택에 마당이 있는 집에 살고 가족 구성원으로는 아내와 세 명의 자녀 심지어 개와 고양이 각각 한 마리씩 반려동물도 있다. 직업은 원자력발전소 안전관리관이다.

짱구 아빠 노하라 히로시, 20세에 대기업 영업부 입사, 15년 이상 근속하였으나 아직 과장으로 승진

하지 못한 것으로 사람들의 안타까움을 샀으나 극장판 23기에서 부장으로 승진한 것이 밝혀졌다. 도쿄 근교의 단독주택을 보유하고 있으며 아내 그리고 아들 노하라 시노스케(짱구), 딸 노하라 히마와리(짱아), 반려견 시로(흰둥이)까지 화목한 가정을 꾸리고 살고 있다.

각각 만화의 연재 초반에는 그 시절 평범한 가정의 모습을 담아내는 캐릭터였다. 그러던 것이 장기 연재가 이어지는 동안 발생한 경기 침체 등 다양한 외적 요인으로 도리어 주인공들이 엘리트로 비춰지는 아이러니가 생긴 것이다.

단순히 경제적인 부분을 빼고서도 두 아버지에게는 대단한 점들이 있다. 한 회사를 그렇게나 오래 근속했다는 점 그리고 각자 늘 자신만의 철학으로 매너리즘을 극복하고 있다는 점이다. 만화 에피소드 중에서는 심심치 않게 두 아버지가 갖은 모욕을 경험하는 상황을 볼 수가 있다. 그럼에도 웃으며 훌훌 털고 다시 일어나는 모습에서 내가 경험한 어떤 현대인보다 건강한 심리 상태를 엿볼 수 있었다. 호머 심슨의 식탐과 노하라 히로시의 발 냄새는 지극히 인간적(?)인 사례일 뿐 단점 축에도 끼지 못하는 시대이다. 그 점이 어딘가 씁쓸하기도 하다.

두 아버지는 오늘날의 가정의 모습과 어떤 점이 같고 또 어떤 점이 다를까. 나는 사실 호머 심슨처럼 넉살 좋은 아버지가 될 자신도 없고 노하라 히로시처럼 아파트만 한 선인장 괴물과 맞서 싸울 자신도 없다. 나는 어떤 가장이 되어야 할까. 오늘은 그런 고민이 들었던 하루였다.

만화 〈심슨〉과 〈짱구〉의 공통점이라고 한다면 가족 구성원 누구 하나가 현인처럼 다른 이들을 가르치는 것이 아니라, 각자의 장단점을 통해서 서로 배우고 소통하면서 함께 성장해 나간다는 점이겠지. 잘 모른다면 서로 배워 나가는 것이 맞는 일 같다. 가장이라고 해서 혼자서 다 알고 척척 순리대로 행할 수는 없으니까 말이다. 모르는 것은 모른다고, 어려운 것은 어렵다고 인정하고 함께 고민할 수 있도록 머리를 맞대는 가정의 분위기를 형성하는 것 또한 가장의 역할이겠지.

나는 그렇게 서로 실수하고 용서하며 잘 배워 가는 아버지이고 싶다. 아내에게도 배우고, 나의 어린 아이에게도 배우고 싶다. 서로 잘 배우고 싶다는 다짐은 참 쉽지만 그것이 실제로 얼마나 어려운 일인지도 예상이 된다. 우리는 흔히 더 오래 이 세계에 존재하였다는 이유만으로 다른 이들의 마음을 이해하려 하지 않기 때문이다. 그런 생각이 들 때마다 정신을 바짝 차리고 마지 심슨의 명대사 한 마디를 꺼내 읽어야겠다.

"누군가를 사랑한다면 그가 옳은 일을 할 거라는 믿음을 지녀야 한다."

오늘 하루
내일 하루

내일은 오늘보다 아주 약간만 더 좋은 하루를 보내보자고 다짐하며 잠든다. 오늘은 이만하면 잘했다고 생각한다. 적어도 '오늘 하루는 최악이었어.'로 끝내는 것보다 낫지 않을까. 그렇게 하루하루를 이끌고 오늘까지 왔다.

이상하게 아침은 늘 피곤하다. 잠을 많이 자든 적게 자든 그렇다. 그럴 때마다 공복에 커피 한 잔을 털어 넣으며 이건 내 신체와 정신이 잠깐 분리

되어 있다 다시 연결되는 과정이라고 스스로에게 설명한다. 몸과 정신에도 윤활유가 필요하다. 좋은 음악, 커피 그리고 스트레칭과 환기 정도가 아침의 윤활유일 테지.

족저근막염으로 인해 아침 첫 걸음은 늘 고통스럽다. 하지만 한 걸음 한 걸음 그렇게 내딛다 보면 몸은 적응한다. 어쩌면 삶은 통증에 익숙해져 가는 과정이라고 말할 수도 있겠다. 매번 힘들고 피곤하다 보니 이제는 그러한 느낌들이 자연스러울 정도로 어느 날 모처럼 눈이 번쩍 뜨이며 개운하게 하루가 시작된 날엔 묘하게 불안한 기분까지 감돈다. 그런 날은 들뜨지 않고 괜히 조심스레 모든 일에 임하고자 노력한다. 개운한 기분이 여전히 좋은 기분으로 남아 있으려면 지켜야 할 것이 많기 때문이다.

원고를 써야 하는데 글이 잘 써지지 않으면 일단 한 문장을 쓴다. 그리고 그 문장을 바라보며 다음 문장을 또 쓴다. 그럴 때마다 문장은 하루하루의 생활처럼 느껴지기도 한다. 내일은 어떤 일이 일어날지 내 컨디션은 어떨지 오늘 하루는 시간이 지나 어떻게 기억될지 첫 문장으로는 무엇도 알 수가 없다.

소설은 그렇기 때문에 재미있는 것이지만 인생은 그 알 수 없음으로 인해 복잡한 감정들이 혼재하는 것이니 마냥 그것이 좋은 일이라고 판단하기는 어렵다. 그렇다고 할지라도 나는 문장을 더 나은 곳으로 인도해 나가고자 노력해야 할 사명이 있다. 전혀 엉뚱한 이야기를 쓰고 뻔뻔하게 '이렇게 하면 돼!'라고 말하고 싶지는 않다만, 주어진 틀 안에서 더 나은 방향을 모색하고자 하는 표현들이 늘 지금 이 순간에 머물고 있음은 일깨워주고 싶다. 어쩌면 그것이 '작가'의 일이고 하루를 살아가는 모든 '나'의 일이 아닐까.

오늘은 실수로 아끼는 컵을 깨뜨렸다. 큰 소리와 함께 파편이 이리저리 튕겨 나갔다. 오, 소파에 커피가 쏟아질 뻔했지만 다행히 내용물은 비어 있었다. 예기치 못한 사고 속에서 또 다행을 찾는다는 것이 조금 이상하기도 하다. 하지만 실은 그건 너무 실망하지 않아도 될 이유를 찾고 있는 것일 수도 있겠단 생각이 들었다.

깨진 조각들을 모아서 쓸어 담을 때, 문득 선물받고 아직 포장도 뜯지 않은 컵들이 있음을 떠올렸다. 이 고마운 마음들이 포장 속에서 나를 기다리고 있다니, 얼른 컵들을 꺼내 가볍게 씻은 후 상부장에 올려두었다. 깨진 컵에는 미안하지만 이미 컵이 깨졌다는 사실 자체는 먼 일처럼 느껴졌다.

아마 나는 흩어진 파편을 제대로 다 치우지 못해 시간이 흐른 어느 날 우연히 구석에서 그 조각을 발견할 수도 있겠지. 하지만 그때 내가 떠올리게 될 것은 바보같이 실수로 컵을 깨뜨렸다는 사실이 아니라, 때론 자잘한 실수들을 할 수도 있고 사실 대부분의 실수들은 인생에 큰 영향을 끼치지 않을 거라는 생각이겠다.

잠을 청하기 전 하루를 돌아보며 내일은 조금 더 좋은 하루가 될 거라고 스스로에게 말하며 알맞은 자세로 몸을 뉘였다.

첫 문장으로는 무엇도 알 수가 없다. 그다음 문장을 쓰고 그 행위를 또 반복하면서 비로소 하나의 이야기가 되는 것이다. 하루하루의 삶도 그것과 크게 다르지 않다. 매일 첫 문장을 쓴다는 마음으로 하루를 살고 잠들기 전 그다음 문장을 쓰는 것이다. 좋은 상황을 맞이하는 건 그런 습관이 아닐까. 지금 이 통증과 스트레스를 스스로 감당해낼 수 있을 만큼만 인지하고 서서히 몸과 정신에 나만의 윤활유를 투입하는 행위. 어쩌면 내가 스스로에게 건네는 한마디 한마디에는 그런 힘이 있다고 믿는다.

말의 행방

이렇게 망설임 없는 눈은 처음이다. 가령 내가 몇 걸음만 내디뎌도 족적이 금방 사라질 정도였다. '올 겨울엔 눈이 많이 왔으면 좋겠어.' 며칠 전 했던 말이 정말로 현실이 되면 괜히 내 탓인 것 같아 기분이 이상하다.

얼른 집으로 들어가서 밖에 나가지 말아야지. 혼자 생각하면서도 반대로 밖으로 향해야만 하는 사람들은 어쩌지. 걱정이 찾아왔다. 가령 동빙고동

좁고 가파른 오르막에서 계속 헛바퀴를 도는 리어카가 있다면 어쩌지. 언덕 위를 오르지 못해 제자리에서 기울어지는 차들은 어쩌지.

예상을 뛰어넘은 바람과 현실은 두렵다. 호흡 속에서 또 다른 의식이 말을 한다. 말이란 그런 거야. 눈 같은 거지. 기억 위를 덮는 현실인 거야. 하지만 계절이 바뀌면 금방 잊히기도 하지. 그럼에도 이미 뱉은 말들은 아무 일도 없던 듯 사라지지는 않아서 스스로 그 크기를 잴 수 없기에 변명 대신 기침으로 번진다.

눈덩이처럼 불어난 말들은 무겁다. 언덕 위의 지붕이 무너져 내릴 것처럼 아찔하다. 그럼에도 봄이 오면 무엇이 저 기둥을 짓뭉갰는지 기억하는 이는 그리 많지 않겠지. 시간이 흐르면 어떤 사실들은 눈처럼 녹아내리지만, 기억하는 이가 없어도 나는 스스로 뱉은 말의 무게가 느껴질 것만 같다.

쉽게 지워지고 녹아버릴 단어들만큼이나 기둥이 되어 현실을 지탱해줄 언어들도 표현되면 좋겠지.

눈이 많이 내렸으면 좋겠다고 바라는 마음만큼, 헛바퀴 도는 이의 뒷모습을 함께 아파하며 등을 밀어줄 수 있는 사람이 되어야겠다고 또 한 번 다짐하며 걷는다. 오늘 내 말의 행방은 어디를 향하고 있을까. 그것은 언제든 예상하지 못한 상황에 안착할 수도 있겠지.

결국 사람이란 한평생 스스로 뱉은 표현의 사례집 같다. 내 기쁨의 말이 타인에겐 시기의 대상이 되기도 하고, 내 울분의 단어들이 누군가에게 우스꽝스러운 모습으로 비춰질 수도 있을까. 그 딜레마를 어떻게 아파하고 치유해야 하는가, 그것이 오늘날 내 언어가 지닌 크나큰 물음인가 보다.

짧은 소설

“제멋대로 가지기에 멋진 꿈이구나. 딱 마음만으로 그치기 좋은.”

“꿈이 제멋대로라는 건 무슨 의미죠?”

“돌려 말하면 사막에 꽃씨를 뿌리는 일과도 같다는 거지.”

“와, 그거 정말 멋진 일인걸요!”

"싹을 틔울 가능성조차 적다는 이야기야."

"저에게는 아름다운 숲을 가꾸어 간다는 말로 들려요."

어울리지 않는 기분들

일상의 아름다움은 때때로 '비일상의 영역을 얼마나 용기 있게 받아들일 수 있는가?'라는 물음과 연루되어 있다. 그것은 대단한 사건과 행실에 대한 것이 아니라, 다만 선택의 일종이다. 일상과 비일상, 기존의 사실 혹은 행동과 조금은 다른 무엇 사이의 관계성, 그러한 경계에 위치하여 때때로 혹은 그보다 자주 알 수 없는 감정을 느끼며 그 모호함에 골똘히 고민하는 것이 바로 살아가는 일이 아닌가.

사실은 그리 놀랄 만한 일들도 아니다. 약간씩 기울어져 돌아가는 작은 일탈의 선택지라고 보아도 좋겠다. 평소와 다른 어떤 어투로 대답을 하거나 몇 분 일찍 집을 나서는 것. 어제와는 조금 다르게 다른 골목으로 걸음을 옮겨본다거나, 선호하지 않던 장르의 영화를 관람하는 일 정도이겠다. 그러니까 또 다른 면모의 관점이 존재하고 있음을 너무 어렵지 않게 경험해보는 것. 평소 잘 쓰지 않는 단어로 애써 표현해보기도 하고 평소 별다른 반응도 하지 않던 일에 구태여 한번 들여다보는 것.

아주 약간의 색다름이 새로운 조화를 만들어낸다. 조화를 만들어낸다는 것은 뜻 모를 대상과의 관계 사이에서 사사로운 무언가를 발견하고 연관 짓는 일이다. 무엇이든 시간이 흐르면 희미해져 가는 것이 일상의 흐름이라면 그 목마름을, 기꺼이 느껴지는 갈증을 너무 당연하게 생각지 않고 진지하게 연관지어 보는 일. 고로 이 시대를 참된 사랑으로 살아간다는 건 그토록 이질적인 것 사이에서 무언가의 조화를 발견하는 지속성이라고 말할 수 있겠다.

예컨대 어딘가 모르게 달라진 연인의 말투, 표정, 온기를 느끼며 그 작은 변화의 틈 사이로 우리의 마음가짐을 달리 바라보는 일은 아름답다. 때로 그 수순이 덧없다 느껴진다고 할지라도 용기를 잃지 말아야 한다. 변한다는 것은 본질을 잃었다는 뜻이 아니라, 어떤 식으로든 성장을 도모해 가고 있다는 의미이겠다. 상처도 생장점이 될 수 있다. 그런 의미에서 일상도 변하고 사람의 마음도 약간씩은 변해 가겠지.

시간의 흐름에는 늘 중간중간 선택의 순간이 놓여 있다. 삶을 살아간다는 것은 어찌 됐든 수많은 갈래 사이에서 내가 선택한 방향으로 걸어왔다는 뜻이다. 우주 어딘가에는 또 다른 선택을 한 내가 사뭇 다른 모습으로 오늘을 살아가고 있을지도 모르겠다.

하지만 나의 우주에서 내가 걸어온 길을 비로소

자랑스럽게 여길 수 있는 담대함이 있기를 소망할 따름이다. 어떤 선택 앞에서 서성이는 나는 그 생소함을 무슨 대답으로 소화할 수 있을까. 그러나 결국엔 또 질문과 질문이 있을 뿐이다. 따라서 너무 보채지 않고 스스로에게 다정하게 알려주고 싶다. 올바른 선택이란 천천히 완성해 나가는 것이라고.

갑자기 자신을 돌아보며 뜬금없이 마음이 서늘해지곤 할 때, 그 익숙하지 않은 기분들을 곱씹어 가며 내가 나인 것에 대하여 자잘하게 인정하고 받아들이는 자세는 어떤 느낌이려나. 익숙한 것 익숙하지 않은 것, 새로운 것 전혀 이해할 수 없는 것. 경계와 경계를 잇는 어울리지 않는 기분들 속에서 주춤주춤 균형을 일깨워 간다. 그것은 분명 열렬히 살아가고 있다는 의미다. 이 시대를 진정 참을성 있게 사랑하고 싶다. 그리하여 여름에 쓰는 소설의 첫 번째 문단에는 다음과 같이 적어둘 것이다.

덧없이 사랑하리. 내 연인은 파도였으며 이내 잔

잔해진다. 그녀는 바다 같다. 때로는 내가 바다이고 또 당신은 내 수심을 헤아리며 서로 끌어안는다. 그렇게 우리 일상이 파도의 일처럼 뒤척이고 흐른다. 우리의 바다는 고여 있지 않다. 시간처럼 속행한다.

농담

살아남은 글자만이 사라지지 않는다. 그리하여 대부분 내가 쓴 문장은 지워진 것이다. 써내려 갔으나 서서히 지워진 것이 아니라, 쓰기도 전에 이미 지워져 있던 것들도 있다. 어느새 고백의 성질이 지우개를 닮아 간다. 말들의 무게에 짓눌려 실체는 없는 모양만 좇는 셈이다. 애써 불빛을 비추어 보아도 없는 것은 존재를 드러내지 않는다.

언제부터인가 아마 내일이라고 말해도 몰랐을 것

이다. 나는 살아보지 않아도 이미 사라진 것들 사이에서 머무른다. 비밀스러운 점선. 애꿎은 농담만 만지작거리는 무표정의 세계. 존재를 오롯이 있음으로 읽어내려면 잊지 않고 일렁이는 것들을 익히 알아차려야 한다. 어처구니없는 말만 애꿎은 다짐만 하염없이 맺히는 것이 젊은 날의 문학이었으리라.

나는 읽는 법을 몰랐다. 읽을 줄을 모른다면 애써 쓴 글자도 전혀 없는 것이라는 말 또한 이제야 안다. 낱말들은 모래성이다. 그 의미에 대해 물으니 허공을 바라보다 그저 농담이라고 답했다.

오늘 하루를 잘 살아낸다는 건 지워질 걸 알면서도 남겨두는 모래사장 위의 글자와 같다. 그럼에도 그것을 지속하는 자만이 의미를 남긴다. 이미 오래전부터 단 한마디면 우리는 사라지지 않을 수 있었음을. 파도가 몰아치는 해변에서 그저 마음으로 발음해본다는 것. 그 자체가 사라지지 않는 자세임을. 어둠을 비추는 행위는 영원의 불꽃이 아니라, 환함을 지속하고자 지독하게 깜빡이는 일이란 걸.

보란 듯이 우리는 농담을 나눈다. 보잘것없는 그것들이야 말로 기억의 무덤 사이에서 호주머니에 쏙 모셔 오고 싶은 조약돌이 된다. 내 인생 최고의 작품이 당신과 나눈 농담이라고 우리는 진실만을 말했다. 쓰지 않고 하지 못한 말이 서둘러 전한 것들보다 훨씬 더 오래 머무른다는 것. 그것만은 농담이 아니라고도 말했다.

나는 당신을
아침저녁으로 꺼내 읽는다

이유 없이 눈물이 나는 오후가 있다
그럴 때에도 나는 온순하고 싶다
흐느낌의 지점이란
내가 그리워했지만 찾지 못했던
망각의 어느 낱장과 예문이었을까

이유를 모를 땐 사전을 펼친다
세상엔 이렇게나 많은 의미가 있었던가 매번 놀란다

무언가 그리울 때마다
그것을 닮은 단어를 찾아야겠다
때론 방황하는 뜻도 있겠지
그 여백에는 조그맣게 심정을 설명해두려 한다

어떤 이에게는 만날 때마다
사전의 단어 하나씩을 선물하고 싶었다
단어를 선물한다는 것은
그 의미에 대하여
나는 이렇게 이해했다고 고백하는 셈이다

여보 동인이란 글자는 얼마나 아름답나요
뜻을 같이하여 모인 사람
우리는 뜻을 같이하는 사람
차별 없이 평등하게 서로를 설명해봐요

당신을 이해시키는 것이 아니라
다만 우리는 스스로를 설명할 뿐

하나씩 하나씩 의미를 찾다가
하루는 그 뜻을 지워 가며
우리만의 사전을 새로 쓰자고도 말했다

서로만이 아는 낱말을 나누어 가지는 것
같은 문자를 보고서
오직 우리만 인지할 수 있는 세계를 살아가는 것
한집에 산다는 것은
처음으로 사전을 집필하는 일과 다르지 않다

살다 보니 울어야 할 일이 생긴다
어떤 날은 당신의 생소함으로 울고
어떤 날은 당신의 한결같음으로 운다
그 울음은 눈 덮인 겨울 강 아래의 흐름과
닮아 있다

어디든 남몰래 시간의 흐름을 속행하는
자연이 있지

서로의 상처를 닮은 단어가 되어
말을 잃고 허망한 침묵을 감싸 안아준다고
마침내 흐르고 흘러 우리는
피어나는 계절에 안착할 수도 있겠다

어쩌다 찢겨진 낱장을 마주하게 될 때도 있을까
당신은 마음의 너무 안쪽이라
차마 도려낼 수도 없던 단어
그것은 한때 내가 갈구하였으나
여전히 목마른 흔적인지도 모르겠다

한숨을 내쉴 때마다 그 좌표를 기록해둔다
글쎄 지금이 허전한 이유는
우리가 서로의 진짜 행방을 모르기 때문일까

나는 당신을 아침저녁으로 꺼내 읽는다
너무 소중해서 보물상자에 잠깐 맡겨둔 단어들
을 다시 읽는다

CHAPTER 5

사랑의 재발명

사랑의 재발명

사랑은 다시 발명되어야 한다. 현시대의 사랑은 이미 종말론을 자청하고 있다. 뉴스에서 일컬어지는 사랑이라는 이름의 사건들. 그것을 단순히 나열만 해보아도 이 시대는 이미 나약해질 대로 나약한 사랑의 근거 위에서 소란스럽게 슬픔을 외칠 뿐이다. 사랑으로 슬픔을 나누면 근심의 무게는 덜어져야 할까. 절망을 폭탄처럼 터뜨리고 나면 사랑과 동정을, 혼란한 존재들이 세상을 지탄하며 거짓된

혀로 순수한 감정을 배반한다.

시대에 따라서 감정도 생물처럼 진화해야만 한다. 지탄받아야 할 것은 사랑이라는 느낌 그 자체가 아니라 사랑으로 오인된 수많은 이름의 절규다. 모순된 근거를 신처럼 받들며 함부로 연민과 사랑을 일컫는 비상식의 일상 속에서 그만 자유롭고 싶다. 사랑은 어쩌면 이미 완전히 부서져버렸고 우리는 그 파편의 조각을 감싸 안고 몸부림을 치고 있는지도 모르겠다.

다시 사랑을 하기 위해서는 필히 '사랑의 재발명'이 필요하다. 랭보의 시가 이야기했던 '그것'은 단순히 새로운 것을 만들어내는 일에 그치지는 않을 것이다. 우리는 이미 사랑이 종말의 수순을 밟고 있다는 것을 인정해야만 한다. 밑줄 긋고 다시 '사랑'이라고 쓰는 것이 아니라, 완전히 새로운 형태의 사랑을 스스로 찾아 나서야만 한다.

이유

예술가로 사는 것보다 누군가의 남편이자 사랑하는 애인으로 살고 싶은 마음이 애타게 느껴지는 순간들이었다. 비 내리던 밤, 엽서에 편지를 써서 나를 손꼽아 기다려주는 누군가가 있다는 것이 얼마나 다행스러운 일인가. 지극한 기쁨보다 정말이지 다행이란 안도감이 나를 광활한 숲으로 가꾸어 간다.

글을 내려놓으면 삶이 무너질 줄 알았는데 살짝

기울어져서 제법 유연하게 흐르게 되었다. 도시의 불빛들을 바라보며, 이 길을 걸을 때마다 생각나는 노래들이 있었다고 나를 기다리던 그 사람에게 말해주었다.

몇 해 전 겨울 골목의 눈을 쓸어 가며 마음에 새긴 약속이 시간이 흐를수록 선명해져 간다. 열나고 기침이 나던 밤에 서로를 꼭 부둥켜안으며 더불어 있으면 우리는 서로에게 존경할 만한 인물이 되는 것 또한 어둠 속에서 지긋이 애잔하였지.

사랑하는 것에는 다 그것들 나름의 이유가 있겠으나 멍하니 단잠에 빠진 모습을 바라보다가 그런 이유들보다 그저 마음 자체에 주목하게 된 나를 발견하기도 했다.

새벽에 잠에서 깨어 선물 받은 책 속의 문장을 슬쩍 읽어보았다. 그날의 우리를 평생 동안 간직할 거라고 다짐하면서 새근새근 애인의 숨소리로 나 또한 스며들어 갔다. 더불어 있다면 우리는 무엇이든 가능한 세계를 만나게 된다. 오래도록 아로새기고 싶은 순간이었다.

세상에는 이유가 없는 사랑도 있었네.

눈밭

아내가 눈밭에 새겨준 내 이름
계절이 바뀌고 눈은 진즉에 녹았지만
그날의 추억은 여전히 우리에게 남아 있다

소중한 것은 흘러가도 어딘가로 약여히 모셔진다
이따금 혼자서 발음해보는 당신 이름
또 눈이 온다면 우리만의 지도를 만들어야지

먹먹한 웃음소리가 어둠을 투과하며
내 안을 스친다
당신의 입술 아래 작은 홈터
그 작은 홈 하나하나까지도
아끼는 화단처럼 지긋이 지켜 나가리

추위도 비켜 우리만의 세계에서
겨울의 종점까지 보란 듯이 웃으며 걷는다
당신의 긴 목에 코를 비비며 꿈을 꿔야지

미리 받은 축의

아내는 고등학교에서 아이들에게 미술을 가르치고 있습니다. 평소 대화가 잘 통했던 학교 사서 선생님께서 건강상의 이유로 오랜 병가를 쓰시게 되었는데, 그래도 우리 결혼식에는 꼭 참석할 거라고 말씀하셨다고 해요. 그 마음이 어찌나 감사하던지, 마치 제 은사님이라도 된 듯이 마음이 따뜻해졌지요.

그런데 어느 날 아내가 사서 선생님으로부터 축의금을 미리 받아 왔더랬죠. 연유를 물으니, 어쩐지 결혼식에 참석하지 못하게 될 것 같다며 품에 꼭 안고 계시던 봉투 한 장을 주셨다고 하네요. 아내에게 전해들은 것만으로 괜스레 눈물이 났습니다.

선생님의 마음처럼 곱고 반듯하게
저희 그렇게 살아가겠습니다.
감사합니다.

낮잠

쉬는 날 청소하고 빨래 널어놓고 잠깐 낮잠을 자면 세상이 참 평온하다. 창문 사이로 드문드문 넘어오는 아이들 웃음소리만 부드러이 울려 퍼질 뿐. 나른하게 혼자 누워 있으면 온갖 미련이 사라지는 기분이다. 창백했던 좌절도 날카로운 간절함도 어느새 다 저물어 가고 나는 저기 하늘처럼 홀연한 바람이 된다.

'자연스럽다'라는 말은 얼마나 아득한 표현인가.

아무것도 바랄 것이 없다. 내려놓는다는 것은 긴 호흡이지. 복잡한 이해관계에서 벗어나, 나는 그저 나대로 유유자적 흘러간다. 호흡한다는 느낌조차 잊어버린 채로 슬그머니 꿈속으로 깊어져 간다. 소리가 없는 세상에서 다만 어루만지는 마음만이 잔잔해진다. 무심하게 홀가분하게.

마중

새해가 되면 왜 많은 사람이 산을 오를까. 그날 뜨는 해가 전날의 것과 크게 다르지 않은데도 말이다. 어쩌면 그건 애정을 담아 누군가를 마중 나가는 기분과도 같을까. 무언가를 소중히 여기면 똑같은 행위라도 그 가치가 달리 느껴진다.

고향으로 내려갈 때면 엄마, 아빠가 창문에 이마를 대고 내가 오는 방향을 바라보고 있다. 처음에 몇 번은 우연히 내가 내려오는 시간에 맞춰 그쪽을 바라보았나 보다고 생각했다. 나중에야 부모님은 내가 올 때까지 수시로 그곳을 바라보았음을 알았다. 내가 오는 방향을 한참 바라보며 부모님은 어떤 생각을 하셨을까. 달리 다른 안부보다 크게 한 번 안아주는 것으로 그 기다림은 마침표를 찍는다.

심부름이 있어 밖으로 걸음을 옮기려는 때, 엄마는 두르고 있던 목도리를 풀어내게 옮겨주셨다. 입김을 호호 불어 가며 내가 자라온 동네를 한 바퀴 돌고서 농협 공판장에 들러 해야 할 일을 하니 추위에 귀가 빨갛게 익어 갔다.

부모님의 가게 앞에 섰을 때도 내 쪽을 바라보고 있는 두 분이 보인다. 신호등 너머의 나를 바라보며 웃으신다. 얼굴을 목도리에 파묻고서 그 한 겹의 온도 속에서 온 겨울을 이겨낼 힘을 얻곤 하는 것이다. 다음 날 다시 서울로 향하는 버스에 올라 생각했다. 오래오래 그 자리에서 나를 기다려주는 사람들이 있으면 좋겠다고.

늦은 시각 홀로 저녁을 차리고 고향에서 가져온

반찬으로 밥을 먹었다. 냉장고 속까지 엄마의 손길이 뻗어 있으니 이 겨울도 충만하다. 시간이 지나 계절도 바뀌고 세상이 변해 가지만 여전히 한결같은 마음으로 나를 마중 나오는 이들이 있다. 봄이 오면 문득 찾아가 이번엔 내가 먼저 오래오래 바라보고 싶은 사람들. 가끔은 오래 말없이 바라보는 것이 그 어떤 근거보다 확실한 사랑이다.

뒷모습

비 부슬부슬 오는 날 뒷모습이 말한다
흔한 말보다 더 또렷하게
눈을 감아도 보이는 장면이 있다
우산 너머 보이지 않는 무엇이
그 알 수 없는 표정이 어떤 외침보다도 강하게
우리에게로 스민다
멈추어도 좋다고 말했던 날도 있다
멀어지는 방향으로 자꾸만 집념이 더해 간다

쓸쓸한 사람에게만 보이는 뒷모습
천천히 돌아서면 그 침묵이
셀 수 없는 비가 되어 내린다
어떤 뒷모습은 이제 나아가
새로운 탄생을 예고한다
더는 이전의 우리가 아닌 무엇으로
한낮이거나 어둑한 밤이거나
마지막 뒷모습은 너무 고요해서
여느 때보다 분명하게
삼켜지는 낱말이 된다
너무 안쪽이라 지울 수 없는
가장 확실한 침묵으로 너는 내게서 멀어진다

어떤 문장에는
의지가 깃든다

더없이 좋은 시절이 있다. 어떠한 주문이나 약속보다 오래 내 안에 남아 있는 것. 계절이 들판을 채색하듯 때에 알맞은 모습으로 살았던 순간이 더할 나위 없이 고맙게 여겨질 때가 있다. 어떤 울음은 그치지 않아서 고마웠고 어떤 간절함은 지나치게 솔직해서 미웠던 시절.

간결하게 축약할 수 없는 긴 편지처럼 이사를 갈 때에도 꼭 먼저 그 자리를 지키고 싶은 이야기들이 있다. 구전되지 않고 그저 여기에서만 흐르는 추억. 고마운 시절에는 시처럼 읊어지는 운율이 있어 하나의 계절을 지날 때마다 만개하다 못해 흩뿌려지는 꽃들처럼 '아, 여전히 봄이구나.' 하며 나는 탄식한다. 그 허전함이 살아갈 의지가 되었던 나의 가난은 여전히 아름다운지.

마음에 쏟아지는 빗물에는 좀처럼 젖어도 좋았던 나는 이듬해를 기약하지 않고 이미 살았던 순간에 감사한다. 마음대로 되는 것이 없었던, 하지만 그 마음이 마냥 좋았던 젊음에 손을 흔든다. 어쩌면 인생이란 긴 후회와 자책의 시간이려나. 그러나 공교롭게도 후회가 없던 순간에 내가 가장 많이 서글펐다. 그 씁쓸함이 좋았다. 아직 덜 익은 과실 같지만 꼭 내 모습과 닮았기에.

미래로부터

과거의 자신에게 단 한 번 전화를 걸 수 있는 기회가 있다면 언제가 좋을까. 복권 번호를 귀띔해주거나 하지 말아야 할 일, 후회가 남은 일에 대한 조언을 전달할 수도 있겠다. 하지만 단 한 번의 전화라고 하니, '혹시 상대방이 받지 못한다면 어쩌지?' 하는 걱정도 앞선다. 대뜸 '미래의 너인데…….'라고 말을 꺼내면 과거의 나는 어떤 반응을 보일까. 흔한 스팸 전화 취급을 당하진 않을까.

기회가 있다고 해서 그것이 늘 좋은 결과를 가져오는 것은 아니기 때문에 많은 것이 조심스러워진다. 어쩌면 구체적인 날과 시각이 떠오르는 사람도 있겠지. 그 순간을 평생 지니고 살아간다는 기분은 어떨까. 어떤 후회는 굳은살처럼 늘 함께한다.

어쩌면 그 한 번의 전화가 벌써 지나가버렸을지도 모르지. 수화기 너머 잠깐의 침묵, 부재중으로 남은 전화처럼 이미 수많은 힌트가 나를 스쳐 지났을 수도 있다. 사실 언제 어디서 중요한 이벤트가 발생할지 예측할 수가 없다. 그건 달리 말하면 늘 나를 돌아볼 자세를 지녀야 한다는 뜻이다. 삶이란 얼마나 어려운가. 때때로 아내에게 묻는다.

"내가 회사를 다니지 않고 계속 글을 쓴다고 했으면 어땠을 것 같아?"

아내의 반응은 늘 한결같다.

"그것도 그것대로 잘 해냈을 것 같아."

늘 두려움이 나를 지배해 왔다. 인정하긴 싫지만 사실이다. 과거의 나에게 전화를 걸 수 있으면 좋겠다는 생각 역시도 내 두려움에 기인한 상상에 불과한지도 모르겠다. 영화 〈태풍이 지나가고〉에서 극중 작가인 남자 주인공은 녹록지 않은 현실에 작가의 근성도 잃어버리고 하루하루 중심 없이 살아간다. 그 모습이 내겐 큰 충격으로 다가왔다.

이유는 모르겠으나 나는 고레에다 히로카즈 감독의 그 영화를 가장 좋아한다. 마을에 휘몰아친 태풍과 어쩔 수 없이 부모님 집에서 이혼한 아내와 하루 머물러야 하는 상황은 극적인 긴장감을 자아낸다. 나는 그 영화적 긴장 덕분에 스스로에게 수없이 많은 질문을 내던질 수 있었다. 아프면서 또한 소중한 영화인 셈이다.

나는 소설과 영화 덕분에 내 두려움을 잘 이용해 왔던 것 같다. 그것은 내게 삶을 다른 각도로 바라볼 수 있게 하는 작은 실마리였다. 아내도 마찬가지다. 아내는 내가 쓰지 않았지만 꼭 나만을 위한 소설 같다. 밖에서 바람이 거세가 분다. 소파에 기대 맥주를 마시다 '어쩌면 바로 지금이 아닐까?' 하는 생각이 들었다.

미래로부터 과거의 나에게 단 한 번 전화를 걸 수 있다면, 바로 지금 그렇게 말할 것이다.

어떤 날에 품었던 꿈을 소망대로 다 이루지 못했어도 너는 그저 너라는 사람이다. 네가 되고 싶었던 어른이 아니라도 다만 너는 지금의 너다. 그리고 '그녀'를 있는 힘껏 사랑해라. 누군지는 고민하지 않아도 된다. 그녀는 잊을 수 없는 이야기처럼 너에게 찾아온다. 그럼 이만.

연 날리기

어렸을 때 연을 만들어 오라는 숙제가 있었다. 문방구에서 부엉이 모양으로 된 연을 하나 사서는 열심히 풀칠도 하고 실을 엮어 다음 날 학교에 갔다. 아이들이 다 같이 연을 날렸는데, 몇몇은 서로 마구 연이 얽혀버려 울음을 터뜨렸고 간혹 몇몇은 아주 능숙하게 바람을 타고 연주를 하듯이 연을 펄럭였다. 능숙한 친구가 날린 연은 매의 형상을 하고 있었는데, 긴 매의 꼬리가 하늘에서 자유롭게

휘날리는 모습이 아주 멋스럽다고 느꼈다. 내 연은 바람을 타지 못해 떨어지다가 몇 번의 시도 끝에 겨우 하늘로 날아올랐다. 하지만 아주 잠깐이었을 뿐 금세 다시 연은 바닥에 떨어졌다.

대부분의 사람들이 그렇듯이 아주 어린 시절이라고 불릴 만한 시절 이후로 나는 연을 날리는 것에 더는 흥미가 없다. 그때 만든 연은 집으로 들고 돌아왔지만 어디론가 사라져버렸다. 자세히 기억도 나지 않는다. 아마 열심히 만들어봐야 제대로 하늘을 날지도 못하고 실망만 할 뿐이라며 진즉에 다른 장난감으로 눈을 돌렸는지도 모르겠다.

이제 제법 어른이 된 나는 가끔 누군가 연을 날리는 장면을 목격할 때 빤히 바라보고 서 있을 뿐이다. 그것은 아주 먼 시절에 놓아두고 온 순수함을 간절하게 그려보는 시간일지도 모른다.

오늘은 혼자 거리를 걷다가 아버지가 날리는 연을 까르르 웃으며 바라보는 아이를 보았다. 행복한 가정의 모습이었다. 나의 연은 어디로 갔을까. 그

때 그 무렵 나에게도 연 날리는 법을 알려주는 누군가의 손길이 있었다면 훨씬 더 잘 해낼 수 있었을까. 집으로 돌아오는 길, 오랜만에 아버지에게 안부를 묻고 아내와 이런저런 오늘 있었던 일들에 대해서 대화를 나누었다. 연을 날리는 가족이 참 예뻐 보였다고 우리도 다음에 같이 우리 가족만의 연을 만들어보자고.

늦은 밤이 되어 눈을 감으려 할 때 자정 무렵 아버지께 문자가 왔다. 별일은 없냐고, 우리도 덕분에 잘 지낸다고. 그 문자를 보고 답장을 해야지 생각하다가 잠이 쏟아졌다. 그런데 글쎄 꿈속에서 내가 하늘을 날고 있는 게 아닌가. 하늘을 나는 꿈을 꾸었다. 그 꿈을 꾸고 나서 슬프고 죄송스러워서 눈물이 조금 났다. 어쩌면 아버지의 연은 내가 아니었을까. 자식을 더 높은 곳으로, 밝은 곳으로 날아 올리기 위해서 수많은 좌절과 실망을 대신 경험해주었을 테지.

이불 안에서 우리네 인생이 꼭 연날리기와 같다

는 생각이 들었다. 어떤 인생은 다른 삶과 마구 뒤엉켜 한참 동안 그 어지러움을 풀기 위해 애써야 하고, 어떤 삶은 제때 알맞은 바람을 만나지 못해 발만 동동 구르기도 한다. 어떤 삶은 자신이 자유롭게 날고 있다는 것을 모른 채로 엉뚱한 곳만 바라보며 중심을 잡지 못하기도 하고, 어떤 삶은 문득 마주한 깨달음에 똑같이 맞이한 아침이 전혀 새로운 세상으로 느껴지기도 한다.

조금 더 자긍심을 가지고 살아가야겠다는 생각이 들었다. 내 자유로움을 보며 우리 가족은 얼마나 밝은 미소를 지었을까. 사랑하는 이들이 바라보는 시선 끝에는 늘 우리의 행복이 있다. 우리는 자유롭게 날아오르며 서로를 바라본다.

내려오는
점선

미련은 비를 기다리는 낙엽
스스로 실천할 수 없는 비행을
계절의 변화로 받아들이는 긴 마음
비가 오면 많은 것이 곧잘 씻겨 내려갈 텐데
굳이 제 마음 더 보채어 무얼 하리
좀처럼 읽히지 않는 감정을 자꾸 매만져도
해결되는 것은 없네
비를 기다리자

내 답답함에 날개를 선사해줄 비행을
편집 없이 길게 이어지는
오랜 머뭇거림의 짧은 변명처럼
나를 일깨우는 점선을 받아들이자
. ..   .
. .. ..
. .. . .
.. . .
비의 몸짓은 삐죽거리는 입술을 닮았다
귓가에 한 방울만 닿아도 금세 알아차릴 수 있는
고백의 성질 같은

당신은
고래입니까

당신은 고래입니까
헤엄치는 방법이 독특한
당신은
누구입니까

우두머리 고래의 좌초로
해변에서 초래하는 무리의 비극처럼
생의 마감까지 함께한다는 자세로 교신합니다

때로 이유 없는 행동으로
모두가 의아할 때에도
나만이 읽어내는 눈빛으로
깊은 수심을 유랑합니다

낮과 밤이 무색할 정도로
아득한 심해 속에서 폐로 호흡하며
말 대신 울음의 높낮이로
감정을 구사합니다
당신은 고래입니까

신비롭다는 말 대신에
이리 와서 미소를 지어주세요
날카로운 이빨 사이로
대가리를 들이밀며
내 마음
있는 그대로
전부 다 내보일 수도 있겠습니다

지구에 금이 가 바다가 온통 쏟아지는 날에도
우주의 어둠을 향해 함께 뛰어들겠습니다
한데 당신은 고래인가요
고래가 아니라도 됩니다
이유는 모르겠습니다
어쩌면 이것이 진화라는 단어인가요

수심으로 보아 당신은 바다인가요
어둠 같은 심해인가요
이제는 당신이 무엇이라도
당신이 당신이라면 나는 기쁠 것 같습니다

건강 적금

엄마가 암 수술을 받은 지 5년이 지났다. 가족의 건강 문제와 직면하게 되면 단순히 걱정의 정도를 벗어나 내 삶을 곰곰 돌아보게 된다. 그것은 우리를 돌아보는 계기이고 삶의 새로운 국면이기도 하다. 절대로 어머니에게 짜증을 내지 말아야 했지만 그 후에도 수없이 자주 화를 내었다. 그 과정 중 내가 느낀 점이 있다면 가족이란 역시 마구 부딪히고 뒤엉키며 살아가는 존재란 것이다. 소통의 방식은 계속해서 변해 가지만 소통하려는 자세가 곧 위로의 언어임을 이제야 안다.

행복하다는 느낌이 들 때마다 사진을 찍거나 안부를 적어 어머니에게 보내드렸다. 풍경이 참 아름다울 때, 사랑하는 사람과 함께 맛있는 저녁을 먹을 때, 쏟아진 폭설 속에서도 무탈하게 새 아침을 맞이하였을 때에도 고백하듯 어머니께 순간을 전달했다. 나는 그것이 일종의 건강 적금 같은 것이라고 생각했다.

좋아하는 사람이 행복해하는 모습을 보면 절로 즐거운 기분이 들곤 하니까. 내 기쁨의 일정한 두드림으로 엄마의 일상도 반짝반짝 일깨워주고 싶었다고나 할까. 엄마도 마찬가지였다. 화단에 꽃이 피었다고 사진을 보내왔고 꿈에 그리던 이층집을 만들어 가는 과정을 영상으로 찍어 보내주기도 했다.

그리고 어느 봄, 5년 만기 건강 적금을 돌려받는 날이 찾아왔다. 엄마 손을 잡고 병원을 방문했다. 접수를 하고 화면에 엄마의 차례가 표시될 때까지

기다리는 그 몇 분의 시간 많은 감정이 우리를 지나쳐 갔다. 늦은 밤, 수술을 기다리며 창밖을 바라보는 엄마의 머리카락에 예쁜 핀을 꽂아두고 말없이 그 침묵을 끌어안던 시간부터 지금 이 순간까지 우리는 여전히 함께였다. 문을 열고 들어서자 담당 의사 선생님이 환하게 웃으시며 말씀하신다.

"참 그간 고생 많으셨습니다. 이번 결과도 깨끗합니다. 벌써 5년이 지났네요. 축하드립니다."

완치 판정을 받고 병원을 나서는 길, 비가 오고 있었다. 우리를 맞이한 건 햇살이 아니라 흐린 날씨였지만 그건 전혀 상관없을 만큼 기뻤다. 엄마와 우산을 함께 쓰며 지하철역까지 걸어가는 길, 발걸음에 저절로 힘이 들어갔다. 지난 모든 피로가 이 비와 함께 씻겨 내려가는 기분이었다.

나는 속으로 이 세상엔 결코 무엇과도 바꿀 수 없는 이야기 같은 것이 존재한다고 생각했다. 몸이 좀

아팠고 이제는 다 치유되었다. 그 짧은 사실 하나가 누군가에겐 평생을 감사함으로 떠올리게 되는 의미가 된다. 신호등 앞에서 엄마와 말없이 서 있었다. 세상이 온통 빗물에 반짝였다. 그 빗소리가 우리를 축하하는 세상의 박수 소리 같았다. 축하의 빗소리를 조용히 들으며, 신호가 바뀔 때까지 잠깐 그 치유의 분위기에 귀를 기울였다. 마침내 초록 불빛이 밝혀졌고 고개를 돌려보니 엄마가 소녀처럼 웃고 있었다. 내가 맞이한 그 어떤 봄보다 아름다운 미소였다.

계절을 완성하는 것은 세상을 바라보는 우리의 시선이다. 그 끝에 봄 햇살도 있고 여름 소나기와 가을 다짐 그리고 겨울 새벽의 고요함도 있다. 앞으로도 계속 건강한 마음으로 씩씩하게 시간을 이끌고 나아가보자 다짐한 하루였다.

무미건조

강수는 확률이다
창밖의 비 냄새 젖은 바닥의 형상
예보는 결과를 책임지지 않지만
어제와 오늘 다가올 미래를 다 견뎌내야만 한다

아무리 근거를 쌓아도
결코 확신이란 없는 선택을
매일 해야만 하는 사람들이 있다

대출 결과 통지를 기다리며 살았던 한 달이
지난 수년보다 길어서 나는 외로웠다
한정된 기한에 대한 끝없는 걱정은
높은 확률로 인생을 쓸쓸하게 만든다

예측과 준비가 있고
그 대안을 뛰어넘는 고난이 있다
걱정은 예상이고 위로는 자행이었으나
외로움만은 피할 수 없는 형태로 온다

세상이 일순간 모두 젖는다
그럼에도 거짓된 것이라 말할 수 있는가
최선을 다해도 과녁을 빗나가는 활이 있다

다시 해가 뜨면
슬픔도 외로움도 아주 잠깐 잊힌다
무미건조하다
우리가 바라본 것은 모두 허상이었을까

그해 봄에 쓴 시
첫 문장만 간신히 기억이 난다

채비를 마친 외로움이 있으랴
세상은 너무 기이하다